Santa Claus: Los orígenes históricos y la evolución del legendario personaje navideño

Por Charles River Editors
Traducido por Areaní Moros

Representación de Santa Claus, por Thomas Nast, finales del s. XIX

Santa Claus

"Querido Editor —

Tengo 8 años. Algunos de mis amiguitos dicen que no existe Santa Claus. Mi papá dice: 'si lo vez en *The Sun*, es así'. Por favor, dime la verdad, ¿existe Santa Claus? – Carta escrita por Virginia O'Hanlon en el periódico *The Sun* (1897)

La Navidad es la fiesta más importante del año. Después de los días correspondientes que exaltan el orgullo nacional de cada país, como el Día de la Independencia en Estados Unidos, el Día de la Victoria en rusia o el Día de la Bastilla en Francia, es el 25 de diciembre el que articula la vida, el trabajo y la economía en buena parte del mundo, incluidos muchos países no cristianos. Desde tiempos antiguos, el comienzo del invierno ha sido la ocasión para que la mayoría de la gente coma, beba, baile y se reúna para tocar el tambor y tomar un descanso.

En especial a partir del siglo XX, los días adyacentes al feriado se han convertido en una ocasión para hacer grandes ventas. La temporada de invierno es el estímulo más sólido para la economía –más que cualquier paquete fiscal– ya que los ingresos de las familias, los gastos, el crédito y el consumo en todos los sectores productivos aumentan significativamente. Tan solo en los Estados Unidos, se estima que las ventas navideñas generan 3 trillones de dólares.

1804 marcaría un hito en la historia de la Navidad. En ese año, un vendedor de antigüedades llamado John Pintard fundó la Sociedad Histórica de Nueva York, y promovió a San Nicolás como patrono de la ciudad. Cinco años después, el escritor Washington Irving publicó, bajo un pseudónimo, un relato semificticio de Nueva York. Irving se tomó grandes libertades poéticas para fabricar algunos mitos acerca de la fundación de la metrópoli, y en uno de ellos, el admirador Olaf Van Cortlandt, uno de los fundadores de Nueva Ámsterdam, tiene un sueño en el que San Nicolás le revela el brillante futuro que le esperaba a esa inmensidad de bosques y lagos:

> Y el sabio Oloffe soñó un sueño, y ¡he aquí! el buen San Nicolás llegó sobre las copas de los árboles, montado en ese mismo carro donde lleva sus regalos anuales a los niños. Y descendió con fuerza por donde los héroes de Communipaw habían hecho su última cena. Y encendió su pipa junto al fuego, se sentó y fumó; y mientras fumaba, el humo de su pipa ascendió en el aire y se extendió como una nube sobre su cabeza. Y Oloffe lo pensó, y se apresuró y trepó a la cima de uno de los árboles más altos, y vio que el humo se extendía por gran parte del país, y al considerarlo con más atención, le pareció que el gran volumen de humo asumía una variedad de formas maravillosas, donde en la tenue oscuridad vio las sombras de palacios y cúpulas y altas torres, todo lo cual duró solo un momento, y luego se fue desvaneciendo hasta que todo desapareció y no quedó más que el verde bosque. Y cuando San Nicolás fumó su pipa, la enroscó en la cinta de su sombrero y, colocando su dedo a un lado de su nariz, le dirigió al asombrado Van Kortlandt una mirada muy significativa, luego subió a su carro, regresó sobre las copas de los árboles y desapareció.

Al año siguiente la Sociedad encargó al artista Alexander Anderson que hiciera una pintura para su cena anual el 6 de diciembre, el día de San Nicolás. La pintura de Anderson, un tríptico, muestra a San Nicolás sosteniendo una vara y de pie frente a un panal de abejas. Junto a él está un perro, pero se han perdido otros elementos de la leyenda.

El lado derecho del tríptico es el más interesante. En la parte superior están dos niños, una niña con su delantal lleno de fruta, sonriente, y un niño con las manos vacías, que se seca las lágrimas. Debajo de los niños hay una chimenea con dos medias colgando a ambos lados; una está llena de regalos y la otra tiene cardos. La escena la completan soldados de juguete y un gato al pie de la chimenea. El nombre *Sinterklaas*, que era difícil de pronunciar para los niños estadounidenses, se convertiría en Santa Claus en los Estados Unidos.[1]

Alrededor de ese tiempo, aparecieron otras dos obras literarias que ayudaron a dar forma a la Navidad. La primera era una colección de historias escrita por Washington Irving, titulada *Sketch Book* [Cuaderno de bocetos], de 1819. La obra "no sólo le dio a la literatura estadounidense los personajes de Ichabod Crane y Rip Van Winkle, sino que despertó un amplio interés en la Navidad como un acogedor ritual doméstico"[2]. Luego vino *Una visita de San Nicolás*, un poema infantil mejor conocido como "La noche antes de Navidad", que fue publicado anónimamente en 1823, pero se atribuye tradicionalmente a Clement Clark Moore, un profesor universitario y estudioso de la Biblia. El poema se extendió rápidamente y ayudó a establecer una imagen definitiva de Santa Claus en la imaginación popular, con su trineo, sus ocho renos (cada uno con su nombre), su nariz roja y sus viajes por las chimeneas para llenar las medias de los niños con juguetes. Supuestamente, Moore se inspiró durante una salida de compras en trineo, y basó a su Santa Claus en una holandés que vivía en Chelsea.

Los renos volaron sobre mi cabeza,
Con el trineo, los juguetes y San Nicolás.
Poco después oí sobre el techo resonar algo,
El pisoteo fogoso de sus pequeños cascos,
La ventana estaba cerrada, y me volteé
En el preciso momento en que San Nicolás salía de la chimenea.
Su abrigo de piel, sus botas y su gorro
Estaban un poco sucios por la ceniza y el hollín.
Sobre su hombro, un saco lleno de juguetes
Le daba la apariencia de un extraño vendedor.
Tenía los cachetes rosados, unos hoyuelos encantadores,
Una nariz como una cereza y unos ojos brillantes.
Una boca pequeña que sonreía todo el tiempo,
Y una barba larga de un blanco muy puro...

Mientras tanto, el punto de inflexión para el viejo San Nicolás, ahora Santa Claus, vino con la edición de *Harper's Weekly* del 24 de diciembre de 1881. El artista Thomas Nast le dio la apariencia definitiva para la edición navideña, como un anciano con una enorme y redonda barriga y cinturón, una espesa barba blanca, nariz roja, un gorro, muérdago sobre su cabeza, en la mano un caballito de juguete, una pipa entre sus dedos, y un niño colgándole del cuello.

---

[1] Ace Collins, *Stories Behind the Great Traditions of Christmas* [Historias detrás de las grandes tradiciones de Navidad], 2003.

[2] Gotham: A History of New York City to 1898 [Gotham: una historia de la ciudad de Nueva York hasta 1898] por Edwin G. Burrows, Mike Wallace, pp 462.

Desde entonces, "Santa" ha sido conocido en todo el mundo por ser deliciosamente panzón e infinitamente feliz. Para la mayoría, estos dos descriptores por sí solos son suficientes para evocar su nombre y llevarlos a imaginar a un abuelo de barriga redonda, vestido con un traje rojo cereza con bordes en piel, armado con bastones de caramelo y un saco sin fondo lleno de presentes, y bendecido con una tupida barba de un blanco plateado.

Santa Claus es un hombre con muchos apodos, que han sido adoptados alrededor del mundo dependiendo de los diversos idiomas: Papá Noel para los pueblos de habla hispana, derivado del "Padre Navidad" original, Papai Noel en Portugal y Brasil, Père Noël en Francia, y Kris Kringle como una adaptación mal pronunciada del personaje originario alemán, *Christkindl*, entre otros[3]. Es quizá el personaje más icónico e internacionalmente reconocido en la historia reciente. Los entusiastas de la cultura pop saben rastrear las raíces de Santa Claus hasta San Nicolás de Myra (como lo insinúa otro nombre alternativo en inglés, *"Saint Nick"* ["San Nico"]), y es ampliamente aceptado que la Coca-Cola fabricó la imagen contemporánea de Santa que el mundo acepta y ama hoy en día. Ambos casos son solo parcialmente correctos, pues en la realidad, "Santa" es una colorida amalgama de diferentes figuras que aparecen en las historias folklóricas de diversos países a lo largo de muchos siglos.

Santa Claus: Los orígenes históricos y la evolución del legendario personaje navideño examina cómo surgió el personaje y sus famosos atributos, las inspiraciones históricas detrás de él, y todas las historias que han evolucionado a su alrededor. En conjunto con fotografías de personas, lugares y eventos importantes, aprenderá sobre Santa Claus como nunca antes.

---

[3] Para mantenernos fieles al uso histórico del nombre, y para evitar confusiones entre las diversas versiones del mismo, aquí nos apegaremos principalmente al término más general de "Santa Claus".

Los mitos detrás del mito

"Oh, cuando ves pasar a la cacería salvaje [*Wild Hunt*],

Sabes que serás el próximo a morir.

Pondrán zapatos infernales [*Hel-shoes*] en tus pies;

Prepararán cerveza y matarán carne.

Un hombre desnudo encenderá tu pira

¡Y luego las llamas saltarán más y más alto!"… – Jordsvin, "La canción de la cacería salvaje [*The Wild Hunt Song*]"

Podría sorprenderle a algunos saber que el muy americanizado Santa Claus que hoy adoran los niños alrededor del mundo puede rastrear una de sus primeras influencias a leyendas y tradiciones paganas, más específicamente aquellas relatadas por los nórdicos escandinavos.

Entre los dioses nórdicos, era Wodin, mejor conocido como Odín, quien reinaba supremo. Si bien se le asocia más con la muerte y la sanación, también presidía sobre los campos de la guerra, la realeza, el conocimiento y la poesía. Primero y ante todo, Wodin era descendiente del antiguo dios germánico del viento y de los difuntos, a menudo unido con una equivalente femenina, conocida como "Freya". Según lo cuenta la tradición nórdica, Wodin, o Woden, era el padre de Thor, Balder y Tyr, y era descrito como profundamente espiritual y rebosante de sabiduría, aunque notoriamente voluble.

Representación de Odín, por Georg von Rosen, 1886

Wodin era la figura festiva central del antiguo *Yule*, una celebración que tenía lugar en pleno invierno y que por lo general coincidía con el solsticio de invierno (el día más corto del año), el 21 de diciembre. Al igual que el Santa Claus moderno, Wodin era una deidad aparentemente omnisciente, venerada y también temida por los niños en todos los territorios vikingos, particularmente durante esta temporada, pues él derramaba alegría sobre quienes se portaban bien e infligía miseria a los desobedientes.

En contraste con el amable y gregario Santa, sin embargo, Wodin no era ni cálido ni tierno. De hecho, las barbas blancas como el algodón y las marcas distintivas de la edad son el único atributo físico que comparten. Wodin, con más apariencia de sabio, era alto, flaco y arrugado – algo parecido al Gandalf de J.R.R Tolkien– con una barba tupida y trenzada, y un bastón de madera nudosa permanentemente en la mano. En las pinturas, la figura casi esquelética de Wodin se ocultaba bajo un holgado manto azul oscuro, con la capucha oscura cubriendo la cuenca vacía de un ojo. Otras representaciones lo muestran usando un sombrero de ala ancha o un triángulo de tela negra, ajustado bajo un sombrero puntiagudo de mago, con el mismo último propósito.

Al indagar más profundamente en la significancia de Wodin en la época del Yule, sus conexiones con su contraparte contemporánea se hacen aún más evidentes. Para comenzar, Wodin, a quien también se le conoce como "*Jólnir*", el maestro del Yule, repartía regalos y disciplina, no sobre un lujoso trineo rojo con bordes de oro, sino a lomos de su preciado semental volador: una magnífica bestia de ocho patas que llamó "Sleipnir". Éste engendro del escandaloso dios Loki en forma de yegua, y Svaðilfari, un poderoso caballo mortal, fue el predecesor de la manada de renos mágicos de Santa. Wodin también estaba supuestamente acompañado por un par de cuervos parlantes llamados Hugin y Munin, quienes servían como fieles mascotas y espías. Los vikingos creían que Wodin observaba a todas y cada una de las personas a lo largo del año, y al llegar el Yule, los resultados de sus evaluaciones eran presentados a cada uno. En otras palabras, "él sabe de ti, sabe de mí, sabe de todos, no intentes huir", así que pórtate bien por Odín.

La excursión de Wodin sobre los tejados dormidos de las tierras nórdicas ocurría durante lo que ahora se conoce como la "Cacería salvaje" [del mito antiguo de la *Wild Hunt*]. El temible dios montado sobre Sleipnir encabezaba la procesión espectral, una diversa partida de caza compuesta de otros dioses, almas fantasmales y personajes sobrenaturales, incluidas las "Valkirias, doncellas fantasmales", hadas, duendes y elfos. Dejando a un lado las tareas de caza, el misterioso grupo descendía y espantaba a los adultos y niños que estuvieran todavía deambulando por las calles tarde en la noche.

Los niños obedientes, por otro lado, esperaban con ansias las visitas de Wodin. Los niños solían llenar sus botas con paja, zanahorias y otros vegetales de raíz para Sleipnir, y las colocaban con cuidado junto al hogar, así como los niños de hoy preparan platos con galletas recién horneadas y un vaso de leche fría para el visitante de medianoche. Las botas rellenas de paja quizás también inspiraron las medias (o "botas") de navidad que ahora se cuelgan sobre las chimeneas. Wodin salía trepando de las hogueras o se deslizaba hacia abajo por las chimeneas de las chozas y casas comunales nórdicas; otros dicen que simplemente se materializaba.

A la mañana siguiente, los niños se apresuraban a revisar sus botas. Quienes pasaban las pruebas de Odín gritaban de alegría, pues la paja en sus zapatos había sido reemplazada con puñados de dulces, manzanas, y pequeñas baratijas, entre otros premios. Los niños traviesos se alejaban de sus botas, gimoteando, pues en ellas había un solo carbón.

Varios otros elementos que derivaron del culto a Wodin/Odín también pueden verse en el panteón actual de personajes navideños. Wodin, por ejemplo, era aclamado como el "Señor de Alfheim", tierra de los elfos. Armas ocultistas, joyas y otra parafernalia mágica se forjaban en un tipo de fábrica a kilómetros y kilómetros bajo tierra, operada por estos elfos. Luego están las llamadas "cabras del Yule". Según la tradición popular medieval, Thor recorría los cielos en un carro tirado por Donner y Blitzen ("Trueno" y "Rayo"), los nombres de dos de los ocho renos que tiran del trineo de Santa. Hace muchos siglos, los aldeanos nórdicos, canalizando a las cabras del Yule, se vestían con túnicas andrajosas, máscaras espantosamente detalladas, y una cantidad de otros disfraces aterradores y, según la tradición, le exigían regalos y premios a sus vecinos. Fue solo en el siglo XIX que la cabra de Yule se transformó en un personaje amigable y portador de obsequios. Hoy, muchos escandinavos cuelgan en las ramas de sus árboles de Navidad, ornamentos de paja hechos a mano, de pequeñas cabras de Yule.

Luego, estaba el Jabalí de Yule, que no debe confundirse con las cabras de Yule. Crujientes jabalíes que se habían asado al fuego se servían en bandejas como ofrendas a Freyr, el dios nórdico de la fertilidad, la prosperidad y la realeza sacra. A cambio de los deliciosos cerdos – quizás los primeros jamones navideños– los aldeanos esperaban recibir múltiples bendiciones durante el año siguiente, muchos de ellos confiando en la concepción de un niño. Obsequios de tortas de frutas secas y dulces también eran presentados a las diosas Freya y Frigg, así como a los espíritus de sus ancestros.

Los paralelos entre el Yule y la Navidad moderna no se detienen allí. Después de un suntuoso festín de Yule, o *Yuletide*, los aldeanos se dirigían a los bosques y los huertos locales de manzanas de cidra. Grupo por grupo, iban de un árbol a otro, decorando manzanos y árboles de hojas perennes, y murmurando encantamientos sagrados. Se creía que tararear y cantar –o cantar villancicos– aseguraría cosechas fructíferas en el año venidero. Familias y vecinos también se sentaban en círculos, tejiendo y ensamblando enormes ruedas de ramas de pino, que tenían cierto parecido con las guirnaldas navideñas de hoy en día. A estas ruedas de pino, con su forma redonda que representaba la "naturaleza cíclica de las temporadas", luego se les prendía fuego y se las enviaba rodando por las colinas como tributo a Sól, la diosa del sol.

Las festividades que tenían lugar durante el *Yuletide* eran de una naturaleza más libertina y caótica en comparación con las celebraciones modernas de la Navidad, que están marcadas por deliciosos banquetes y tiempo de sano entretenimiento familiar. Para el Yule, los vikingos cenaban con trozos de carnes variadas y jugosas frutas de piel dura, y bebían copa tras copa de "*jól*" o "yule", que era básicamente un tipo de cerveza. Podría decirse que el *jól* ha sido reemplazado desde entonces por el ponche de huevo o "ponche crema", una bebida espesa a base de lácteos que consiste en una mezcla de brandy, ron, y una mezcla de leche, azúcar y huevos.

También pueden detectarse similitudes notables en figuras míticas fuera del culto a Wodin. Como se mencionó anteriormente, se cree que el Thor de barba blanca y que blandía un martillo, también conocido como "Thunor", fue otro ser mitológico que influyó en las representaciones modernas de Santa Claus. Aparte de las cabras encantadas de Thor, al dios se lo representaba a menudo en vestimentas del color rojo de la realeza, y en algunas ilustraciones, se le ve con una cabellera rebelde color rojo jengibre. Además, los colores rojo, blanco y negro que se observan en el traje de Santa, reflejaban casualmente (o quizás no) los colores asociados con la antigua Germania, así como su sistema de castas ario.

Pintura de Martin Winge que representa a Thor, s. XIX

En la década de 1980, algunos historiadores afirmaron haber encontrado evidencia que vinculaba a Santa con el chamanismo místico siberiano. Jason Manke, de *Patheos*, explicó: "En esta hipótesis, Santa vuela como un chamán en un trineo, los renos son representativos de los espíritus de los renos de Siberia, y sus túnicas rojo con blanco derivan de los hongos agáricos que se usan para facilitar el trance chamánico. En realidad, los chamanes nunca montaron sobre trineos, rara vez contactaban espíritus de renos, y solo usaban hongos en ocasiones muy especiales. Además, los renos fueron una adición del siglo XIX al mito de Santa Claus, y los siberianos no usaban ropa roja y blanca. [Por ende], si Santa Claus está relacionado con el chamanismo, es de forma muy indirecta".

El hombre detrás del mito

"Hijos, les suplico que corrijan sus corazones y pensamientos, para que puedan agradar a Dios. Consideren que, aunque podemos considerarnos justos y con frecuencia tener éxito en engañar a los hombres, no podemos ocultarle nada a Dios". –Atribuido a San Nicolás de Mira

Con el tiempo, Wodin y otros cultos paganos fueron casi borrados de la existencia por una nueva religión dominante: el cristianismo. Cada vez más gobernantes y soberanos comenzaron a suscribirse a esta fe monoteísta, y finalmente, el acto de adorar a Wodin y otros dioses paganos fue ilegalizado por sacrílego. Al mismo tiempo, las antiguas tradiciones de Yule fueron retiradas y las festividades retrasadas, para que se alinearan mejor con las fiestas cristianas.

Una figura crucial del cristianismo se convertiría en el más renombrado de los antecedentes de Santa Claus. Nacido en el siglo III EC en la pequeña aldea turca de Patara, Nicolás de Mira fue concebido y recibido en medio del lujo, pero a pesar de la riqueza de su familia, la tragedia pronto le sobrevino, pues tanto su madre como su padre cayeron gravemente enfermos y murieron poco tiempo después. Naturalmente, Nicolás quedó profundamente entristecido por la repentina desaparición de quienes lo criaron, pero estaba decidido a darle buen uso a su herencia sustancial. En lugar de malgastar sus riquezas en casas hermosas pero vacías, ropa fina y otros artículos superficiales, dedicó la totalidad de su herencia a los pobres y otros que necesitaban ayuda desesperadamente.

Nicolás era un hombre de historias notables, por decir lo mínimo. Una de las más repetidas en torno a este fascinante personaje relata cómo arregló las dotes para un trio de hijas indigentes, salvando así a las mujeres de la prostitución. En la primera noche, el padre de las mujeres clavó una fila de medias (botas en otras versiones) en la pared justo debajo de una de las ventanas de su destartalada choza, siguiendo las instrucciones del proveedor de las dotes. Pocos minutos después de la hora acordada, un saquito lleno de oro entró flotando por la ventana y aterrizó en una de estas medias. A la mañana siguiente la encontró el padre, quien no cabía en sí de la emoción. Como lo había prometido Nicolás, otros dos saquitos de oro aparecieron en las medias durante las siguientes dos noches. Este es otro posible origen de la tradición de las medias/botas navideñas.

Pintura renacentista del padre obteniendo las dotes para las hijas

**Un icono ortodoxo griego que representa a San Nicolás
abofeteando a Arrio en el Primer Concilio de Nicea**

Un ícono ruso que representa a San Nicolás

Rápidamente se corrió la voz sobre el humilde, pero incomparablemente generoso y ampliamente influyente Nicolás, luego coronado como obispo de Mira. Sería recordado mucho tiempo después de su muerte, venerado como el santo patrono de los niños y el protector de los huérfanos, marineros, y prisioneros. La modestia y el secretismo que caracterizaron el trabajo caritativo de Nicolás, dicen algunos, fueron la fuente de inspiración detrás del ahora famoso "Amigo Secreto", o como lo deja más claro su nombre en inglés: *Secret Santa*. Además, de forma similar al Santa Claus consciente de la importancia del buen comportamiento, Nicolás también instaba a los niños a recitar diligentemente sus oraciones diarias, honrar a sus padres y practicar los buenos modales.

No existen testimonios o escritos contemporáneos acerca de San Nicolás. Una biografía de otro santo de la misma zona, escrita unos cien años después, menciona una visita a la tumba de Nicolás de Mira. Su nombre también figura en una lista de asistentes al Concilio de Nicea, si bien la lista fue escrita más de un siglo después del evento. Estas son las dos fuentes más antiguas que mencionan a este proto-Santa Claus.

En el año 520, cerca de dos siglos después de su muerte, una iglesia dedicada a él se construyó sobre las ruinas de un templo más antiguo, donde supuestamente sirvió como obispo. Esto fue confirmado en 2017 por una excavación profesional del gobierno de Turquía que encontró los restos de la iglesia más antigua bajo el edificio del siglo VI[4]. Por lo tanto, no hay nada implausible sobre la existencia de un San Nicolás histórico que tenía la costumbre de ayudar a los pobres y de dar regalos anónimamente, incluso si las *Vidas* que sobre él se escribieron estaban fuertemente coloreadas por la leyenda. Su fiesta se estableció el 6 de diciembre, y fue nombrado patrón de los niños.

Se dijo que los antiguos griegos en la ciudad licia de Mira lloraron la muerte de su amado obispo. La leña que usaron estos aldeanos para preservar las llamas crepitantes de su memoria fueron las hazañas y fábulas de los milagros de San Nicolás, que relataban espléndidamente a los mercaderes y viajeros que llegaban de paso desde otras ciudades. Con el tiempo, las fascinantes historias cobraron vida propia, tanto así, que nuevas historias no demostradas comenzaron a filtrarse en la mezcla.

Nicolás se popularizó primero como el santo patrón de la navegación, destronando a los paganos Gemelos Divinos de Mira. Las estatuas de este dúo –los hijos del dios del cielo– fueron desmanteladas y reemplazadas con exquisitas efigies del santo obispo cristiano, talladas a mano. Con el tiempo, la imagen del santo fue agregada a la mayoría de los sellos oficiales de Bizancio.

Más y más ciudades y pueblos griegos adoptaron a Nicolás como su santo patrono. Hacerlo era lo lógico, pues el Imperio bizantino estaba rodeado por el Mediterráneo. Cuando el cristianismo penetró por primera vez la rus de Kiev en el siglo IX, los capitanes de mar y marineros de esa región (el primer estado organizado en territorio ruso) fueron puestos también bajo la protección de Nicolás. Curiosamente –aparte de huérfanos, marineros y niños–, los prestamistas también seleccionaron a Nicolás como su santo tutelar. Sobre las puertas de las casas de empeño, podían verse colgando tres bolas de oro, que simbolizaban los tres saquitos de oro que el obispo le obsequió a las tres hermanas.

En esta etapa, aquellos en Europa occidental sabían de Nicolás, pero no estaban familiarizados con los cautivantes detalles de su vida. Esto cambió cuando los turcos seléucidas descendieron sobre Anatolia en 1071, usando aún el ímpetu de su victoria en la batalla de Manzikert contra el emperador Romano IV Diógenes y las fuerzas bizantinas. Los ciudadanos de Mira se prepararon para lo inevitable y se rindieron ante sus captores.

En 1087, una compañía de griegos cristianos con sede en "el tacón de Italia" tramó un plan para "recuperar" de los conquistadores musulmanes los restos benditos de Nicolás. Esa primavera, un equipo disfrazado de comerciantes fue enviado a Mira. Allí, según sus

---

[4] En diciembre de 2017, funcionarios turcos declararon que se habían encontrado los huesos de San Nicolás, noticia que provocó reacciones furiosas de la ciudad de Bari, Italia, a donde supuestamente habían sido llevados durante las Cruzadas, y donde se sitúa la magnífica Basílica de San Nicola.

instrucciones, los mercaderes descendieron bajo tierra, robaron el esqueleto y varias otras reliquias y escaparon de vuelta a Bari, Italia. La llegada de los huesos de Nicolás a Bari el 9 de mayo se honra hoy como la "traducción del santo". Dos inviernos después, tras la inauguración de la nueva catedral de Bari por el papa Urbano II, los restos de Nicolás fueron sepultados bajo el altar principal.

Ahora que los restos del santo estaban en manos cristianas, donde pertenecían, la Iglesia desplegó misionarios que recorrían los pueblos vecinos, iluminando a los desinformados sobre los milagros de San Nicolás. Los soldados de Bari que viajaban a tierras lejanas también llevaban con ellos las historias de los notables logros de Nicolás, y pronto fue el santo más popular en toda Europa. En Occidente, Nicolás fue exaltado como el santo guardián de todos los niños. En su día de fiesta, el 6 de diciembre, los cristianos lo veneraban presentando regalos a sus seres queridos y vecinos.

Se dice que esta tradición ya se practicaba en Utrecht, en los Países Bajos, en el año 1163. Ahora se cree que la práctica fue iniciada por un humilde grupo de monjas de un anónimo pueblo francés. Al principio viajaban solo a las casuchas destartaladas o a los lugares donde dormían los niños desamparados, dejando sigilosamente pequeños paquetes de dulces antes de desaparecer en la oscuridad de la noche. A medida que se expandieron las operaciones, las monjas comenzaron a colarse en las casas vacías con puertas abiertas, dejando paquetitos de dulce dentro de los zapatos de quienes se portaban bien, y una sola vara de sauce en las botas de los niños que causaban problemas. Cómo estas monjas hacían un seguimiento de los niños mal portados, se desconoce; solo se puede suponer que tenía lugar algún tipo de colaboración entre los padres y las monjas.

La mayoría de las veces, las monjas preferían permanecer en el anonimato. Cuando se les preguntaba sobre la fuente de estos regalos misteriosos, su respuesta era: "¡Debe haber sido San Nicolás!".

No todas las monjas entregaban dulces. En la mañana del Día de San Nicolás, las familias pobres encontraban al despertar canastas de pan y otros alimentos, así como paquetes con ropa y, a veces, algunas monedas de plata envueltas en trapos. Ocasionalmente, las monjas también metían una mandarina o manzana (frutas bastante costosas en esa época) en los talones de las medias que colgaban, y rellenaban el espacio restante con una mezcla de nueces.

La tendencia de dar regalos en el Día de San Nicolás se estableció con el tiempo en otras regiones de los Países Bajos y se extendió a Alemania, Austria, Suiza e Inglaterra, e incluso llegó a Rumania. Las monjas francesas fueron sustituidas permanentemente por el espíritu visitante de San Nicolás, pintado como un espectro arrugado y muy delgado, vestido con una túnica escarlata de obispo.

Para finales del siglo XIII, los dulces y otras golosinas se retiraron a favor de ornamentos más grandes y novedades de especial significancia. Los historiadores teorizan que la siguiente fase de la entrega de regalos fue impulsada por la Iglesia Católica con la intención de incorporar a las fiestas los presentes ofrecidos por los Tres Reyes Magos en la historia de la Natividad. Los vendedores emprendedores buscaron capitalizar la nueva tendencia erigiendo "mercados de San Nicolás", que se poblaron con vibrantes puestos llenos de juguetes, baratijas y golosinas.

La realeza europea también comenzó a participar de la tradición de dar regalos. En 1377, los súbditos de la corte del rey francés Carlos V recibieron cálices bañados en oro llenos hasta el tope con mirra, incienso y bloques de oro. En el día de Año Nuevo, los súbitos que tenían los medios para permitírselo, presentaban a sus monarcas otro conjunto de hermosos regalos. Afortunadamente para estos súbditos, no se iban con las manos vacías; en cambio, salían de las habitaciones del rey con un cuenco bañado en plata o una bolsa de monedas.

Si bien el Día de San Nicolás se había vuelto sinónimo de generosidad y entrega de obsequios, todavía estaba muy lejos del Santa Claus feliz, despreocupado y de mejillas sonrosadas del siglo XXI. Los niños en las porciones de Europa devotamente católicas temían la llegada invernal del fantasmal santo, pues éste había sido diseñado como un virtuoso pero vengativo "hombre del saco" que atormentaba a los niños malvados.

En Alemania había dos dadores de regalos, unidos por una dinámica de "policía bueno, policía malo": San Nicolás y su compañero, *Knecht Ruprecht* (Granjero Rupert). Rupert, vestido con un manto con capucha color marrón tierra (algunas veces encaje blanco) con borde de piel negra, recorría las calles en la oscuridad de la noche, llenando su panza con niños mal portados. En Suiza y los Países Bajos, Nicolás empujaba a los niños malos al espacio infinito que había dentro de su saco con todo el cuidado de quien recoge basura, equipado con un recogedor. El pulsante saco de niños era luego arrastrado a lo profundo del Bosque Negro (o Selva negra), para no ser visto nunca más.

En ciertas partes de Austria, los padres religiosos iban aún más allá para hacer asimilar la importancia de la conducta adecuada. En el día de su fiesta, el santo, luciendo su atuendo completo de obispo, golpeaba la puerta principal de las casa de niños traviesos, exigiendo que le dejaran entrar. Los niños, en pánico, se escondían acurrucándose bajo sus camas o dentro de armarios. Una vez que "no había moros en la costa", se asomaban desde sus escondites, solo para ser atrapados y arrastrados al cuarto de al lado por el obispo que les esperaba. Entonces el obispo se alzaba sobre los atemorizados niños y, en un rápido movimiento, llevaba hacia adelante las varas en su puño deteniéndose justo sobre la cabeza del lloriqueante niño. Si se portaba mal de nuevo, gruñía el obispo, él volvería al año siguiente. Fueran regalos o palizas, San Nicolás siempre entregaba.

Los maestros empleados en escuelas cristianas, particularmente aquellas afiliadas con el santo, también comenzaron a expandir la tradición. Cada 6 de diciembre se sentaban en sus escritorios, vestidos como el divino santo. Uno por uno, los estudiantes en fila daban un paso adelante para escuchar su veredicto. Los estudiantes con calificaciones de satisfactorias a excelentes y buen comportamiento eran recompensados con dulces o un poco de dinero para gastar. Aquellos con calificaciones deficientes y mala conducta eran obligados a quedarse después de terminadas las lecciones, y golpeados con palmetas de madera de abedul.

Estos castigos se habían convertido, en efecto, en un componente principal de las tradiciones del Día de San Nicolás, pero la Iglesia Católica Romana le recordó a los cristianos que no perdieran de vista el mensaje más importante de la celebración. Demostrar el amor por los hijos y el aprecio por su comportamiento ejemplar estaba muy bien, pero era más importante que los ricos compartieran su riqueza con los necesitados. Como lo dijera una vez Ambrosio de Milán, un colega de San Nicolás: "No le están regalando sus posesiones a la persona pobre. Le están entregando lo que es suyo. Pues lo que ha sido otorgado en común para el uso de todos, se lo han adjudicado para ustedes mismos. El mundo nos ha sido dado a todos, y no solo a los ricos".

Si bien el concepto de instar deliberadamente a los hijos a poner su fe en un personaje ficticio puede parecer relativamente extraño o arcaico para algunos, la evidencia antes mencionada indica que este tipo de engaño no tenía edad. A medida que pasaba el tiempo, los padres maquinadores de toda Europa continuaron manteniendo el engaño, y comenzaron a modernizar las tradiciones originales asociadas con el Día de San Nicolás. Rudolph Hospinian, un autor suizo del siglo XV, señaló: "Era la costumbre de los padres, en la vigilia de [San] Nicolás, entregar secretamente regalos de diversos tipos a sus pequeños hijos e hijas, a quienes se les enseñaba a creer que se los debían a la bondad de San Nicolás y su tren, quien, subiendo y bajando entre las ciudades y pueblos, entraba por las ventanas, aunque estuvieran cerradas, y los distribuía".

El mismo sentimiento también se encuentra en un poema escrito por el dramaturgo alemán del siglo XVI, Thomas Naogeorgus:

"…Y cuando todos por la noche

Sumergidos están en profundo sueño

Traen manzanas, nueces y peras,

Y otras cosas además

Como sombreros, y zapatos, y enaguas,

Que en secreto esconden,

Y en la mañana al encontrarse, ellos dicen

Que esto trajo San Nicolás…".

El impulso del movimiento de entrega de regalos inspirado en San Nicolás comenzó a declinar en 1517, con el nacimiento de la Reforma protestante. Los católicos fueron castigados implacablemente por su "indebida" adoración de los canonizados, principalmente hacia el experto en milagros San Nicolás. La Revolución Industrial, el surgimiento del puritanismo en Europa, y la crítica de la veneración de los santos, que incluyó dedicatorias especiales a San Nicolás y San Wenceslao, eclipsaron la fiesta en Europa. El teólogo calvinista Walich Sieuwertz escribió: "Es una costumbre tonta e inútil llenar los zapatos de los niños con toda clase de golosinas y tonterías. ¿Qué es esto, más que el sacrificio a un ídolo? Quienes lo hacen no comprenden lo que es la verdadera religión".

En su *Historia de Nueva York*, Edwin Burrows y Mike Wallace escribieron que "desde la Reforma, los protestantes rechazaron la Navidad como otro artefacto de la ignorancia y el engaño católicos. No solo el Nuevo Testamento no decía la fecha del nacimiento de Cristo, señalaron, sino que la Iglesia había elegido el 25 de diciembre para que coincidiera con el comienzo del solsticio de invierno, [un] evento tradicionalmente asociado con salvajes bacanales plebeyas y desafíos a la autoridad".

Martín Lutero, el líder seminal de la Reforma, ilegalizó oficialmente todas las festividades que conmemoraran al santo en los territorios protestantes. Dicho esto, Lutero no se hacía ilusiones en cuanto a la prohibición que estaba imponiendo, y estaba consciente de las celebraciones furtivas que inevitablemente tendrían lugar fuera de la vista. En un intento por llenar el vacío de una figura celebratoria durante la época invernal, Lutero ideó la historia del *Christkindlein*.

Christkindlein, también conocido como "*Christkindl*", o simplemente "*Christkind*", se traduce directamente como "Cristo Niño". Inicialmente, *Christkindl* era representado como un Jesús gordito cual querubín, en forma de niño pequeño. Los cristianos alemanes, sin embargo, no pudieron ser convencidos con la idea de un Cristo infante alado, revoloteando de casa en casa en medio del invierno, pues no se hace mención alguna en el Evangelio de un Cristo que entrega regalos. Para rectificar esto, se fabricó un nuevo personaje. Desde entonces, *Christkindl* ya no era Cristo, sino un andrógino angelito sin nombre, con rizos rubio-caramelo, brillantes ojos azules y esponjosas alas doradas.

La iconografía de *Christkindl* difirió en diferentes partes de la Europa protestante, incluidos los territorios de lo que hoy es Austria, Liechtenstein, Hungría, Suiza, Eslovaquia y la República Checa. En algunas versiones, *Christkindl* era representado como una joven niña, sin alas, vestida con un abrigo de piel con capucha, abriéndose paso entre densas capas de nieve. A veces se veía a un ciervo trotando junto a ella, con una pesada canasta de juguetes y frutas balanceada sobre su hocico. Otras veces, *Christkindl* llevaba a cabo la misión sola, empujando una carretilla de golosinas a través de cortinas de nieve.

Christkindl no llegaba el 6 de diciembre, sino el 24 del mes, el último día de Adviento. Los regalos se apilaban cuidadosamente debajo del *Weihnachtsbaum*, un árbol de hoja perenne adornado con velas encendidas, que ahora se considera el precursor del árbol de Navidad. Como era la costumbre durante esa época, los padres protestantes le aconsejaban a sus hijos que no conspiraran para sorprender a *Christkindl* en el acto; el ángel de los regalos, les decían, se saltaba las casas de los niños entrometidos. Solo cuando escuchaban el repicar de la campana (instalada y operada por sus padres) salían corriendo de sus habitaciones, directamente hacia los regalos bajo el *Weihnachtsbaum*.

Irónicamente, otra leyenda atribuye la invención del árbol de Navidad, o quizás la "cristianización" del Tronco de Yule, a Martín Lutero, quien supuestamente estaba caminando por el bosque nevado una Nochebuena, vio las hermosas estrellas brillando a través de las ramas de un abeto, y se emocionó tanto que llevó uno a su casa para mostrarle a su hijo el mensaje genuino de la Navidad: que Cristo era la luz del mundo. El origen de esta historia inconfundiblemente apócrifa es posiblemente una pintura de un artista llamado C.A. Schwerdgeburth que muestra al líder de la Reforma y su familia sentados alrededor de un hermoso árbol de Navidad.

Santa Claus en la Europa medieval

"Cada uno debe dar según lo que haya decidido en su corazón, no de mala gana ni por obligación, porque Dios ama al que da con alegría". – 2 Corintios 9:7

Durante los siglos siguientes, continuaron apareciendo en toda Europa más variaciones de San Nicolás.

El diarista inglés del siglo XVI Henry Machyn, escribió sobre las fascinantes celebraciones que se desarrollaron en la ciudad de Londres en la década de 1550: "[La gente disfrazada con las túnicas de obispo de Nicolás] salían a las calles de la mayor parte de Londres cantando a la antigua usanza (...) recibido[s] entre buena gente en sus hogares, y tenían mucho buen ánimo, como siempre tenían en muchos lugares (...)".

Resulta interesante que, si bien los términos *"Father Christmas"* ["Padre Navidad", o como es llamado en español, "Papá Noel"] y "Santa Claus" son intercambiables en Reino Unido y otras regiones del mundo hoy en día, el primer Papá Noel y San Nicolás no eran la misma persona. El antecesor anónimo de Papá Noel (llamado aquí "Abuelo Noel" para evitar confusión) hizo su primer debut en la tradición popular pagana y en las costumbres de mediados de invierno de los antiguos pueblos británicos.

A pesar de lo que pueda sugerir su nombre, el Rey Escarcha [*King Frost*] era el heraldo de la primavera: un imponente personaje de barba blanca envuelto en un manto verde esmeralda hasta el suelo, adornado con una sola corona de hiedra, acebo o muérdago. Cuando Gran Bretaña entró al periodo anglosajón en el siglo V EC, el personaje del Abuelo Noel se fusionó con el del "Padre del Tiempo" sajón, también conocido como "Rey Escarcha" o "Rey Invierno". Dawn Copeman, de *Time Travel Britain* explicó: "Alguien se vestía de Rey Invierno y era recibido en los hogares, donde se sentaba cerca del fuego y se le daba algo de comer y beber. Se creía que al ser amable con el Rey Invierno, la gente obtendría algo bueno a cambio: un invierno más suave. Así, a Papá Noel se le asoció con recibir cosas buenas".

Los ingredientes finales que completarían al Papá Noel medieval llegaron en el siglo XI con la invasión de los normandos, quienes trajeron con ellos las historias del legendario San Nicolás. La primera referencia tangible a Papá Noel, sin embargo, data del siglo XV, en un villancico escrito por el rector de Plymtree, Richard Smart:

"Noel [*Nowell*], Noel, Noel, Noel,

¿Quién es el que canta así?

Estoy aquí, *Sir Christëmas* ["Señor Navidad"].

Bienvenido, mi señor *Christëmas*,

Bienvenidos seamos todos, tanto más como menos

¡Acércate, Noel!

Fue solo entonces que Papá Noel se convirtió en la personificación del espíritu de la Navidad. Durante las eras Tudor y Stuart de la historia inglesa, diversas representaciones del personaje navideño (Papá Noel/Padre Navidad, Sir Navidad y Capitán Navidad) eran convocadas a las fiestas de finales de invierno y los eventos navideños organizadas en los establecimientos públicos, y en los espaciosos salones de la clase alta.

En 1638, el dramaturgo nacido en Worcestershire, Thomas Nabbes, produjo la primera representación visual del Padre Navidad en su mascarada en la corte, *The Springs Glorie*: un anciano desaliñado, rollizo y fumador de pipa, con sonrientes ojos pequeños y una combinación de bigotes y barba del color de la nieve recién caída, vestido en un "traje y gorro de piel". En la víspera de Navidad, o Nochebuena, Papá Noel galopaba por todo el pueblo en su burro o yegua, colocando a escondidas pequeños regalos en medias y fundas de almohada que colgaban sobre la chimenea o en las cabeceras de las camas de los niños dormidos. Como muestra de su gratitud, los niños preparaban para Papá Noel una porción de pastel de carne, acompañada de un vaso de brandy.

Desafortunadamente, a mediados del siglo XVII, los puritanos británicos ultraconservadores que ya no podían soportar la indulgencia excesiva y el fervor intempestivo vinculados a la Navidad, prohibieron completamente la fiesta, con todo y Papá Noel. Aun así, los devotos continuaron rindiendo homenaje al Padre Navidad, ahora en la clandestinidad. El personaje era disimuladamente insertado en obras de teatro invernales (representaciones populares interpretadas por grupos de actores enmascarados [muchas veces mimos], conocidos como *mummers* o *guisers* en inglés). La siguiente es una frase de apertura utilizada frecuentemente en tales obras: "Y entro yo, el viejo Padre Navidad —anunciaba el actor mientras ocupaba el centro del escenario—. ¿Soy bienvenido, o no lo soy? Espero que el viejo Padre Navidad nunca sea olvidado".

Además de estos dramas de culto, Papá Noel también figuró varias veces en los artículos de periódicos callejeros. Los autores de estos periódicos en cuestión se referían a él como "el Viejo Navidad", que era simbólico de la nostalgia de la gente hacia la celebración prohibida. Folletos imprimidos en secreto por entusiastas y los llamados "católicos recusados" pedían el regreso del Padre Navidad. El siguiente es un pasaje de uno de estos panfletos: "Cualquier hombre o mujer, que pueda ofrecer cualquier conocimiento, o contar alguna noticia de un viejo, muy viejo caballero de barba gris, llamado Noel, quien era un huésped muy familiar y visitaba a toda clase de personas, ricas y pobres, y solía aparecer luciendo brillante oro, seda y plata, en la corte, y en todas las formas en el teatro en White Hall, y había música, festines y alegría en todos los lugares, tanto en la ciudad como en el campo, por su venida… Quienquiera que pueda decir qué ha sido de él, o dónde se le pueda encontrar, ¡que lo traiga de vuelta a Inglaterra!".

La prohibición contra Papá Noel finalmente se levantó, pero fue solo cuando Inglaterra entró a la era victoriana que el espíritu de la Navidad se reanimó por completo.

Mientras tanto, 520 km al este de Londres, los niños holandeses en todos los Países Bajos esperaban pacientemente la llegada de *Sinterklaas*. En el siglo XVII, los árboles se veían comúnmente por todo el norte de Europa. Un hombre de 35 años, no identificado, que visitó Estrasburgo en 1605 dejó en su diario de viaje esta descripción: "En la época de Navidad, la gente de Estrasburgo coloca abetos en sus salas de estar. Luego cuelgan rosas que recortan de papeles de muchos colores, 40 manzanas, obleas y (decoraciones) chapadas en oro"[5]. Dicho esto, no significa que la gente estuviera instalando pinos en posición vertical en medio de la sala. En algunas partes de Austria y Alemania, el árbol se colgaba al revés en una esquina de la habitación y se decoraba con manzanas, nueces y tiras de papel de colores. Otros no eran más que ramas gruesas colgadas en ventanas y puertas. Aún faltaba que pasara un siglo, antes de que ese símbolo tomara su forma actual.

Los historiadores han rastreado también alrededor de esta época en Europa las primeras menciones de *Sinterklaas*, una amalgama de San Nicolás, el Padre Navidad/Papá Noel, y posiblemente Odín. No está claro en qué punto se fusionó el obispo cristiano con el personaje invernal y, posiblemente, con el dios nórdico, pero la mayoría de los elementos de la leyenda de *Sinterklaas* parecen demasiado foráneos a cualquier tradición cristiana, incluso si se considera que las vidas de los santos adquirieron rasgos fantásticos durante la Edad Media. Según la tradición folklórica, *Sinterklaas* cabalga por los cielos sobre un caballo seguido por una cohorte de ayudantes negros o demoníacos, quienes le informan sobre el comportamiento humano. En otras versiones, *Sinterklaas* llega a los pueblos acompañado de un ayudante negro llamado *Zwarte Piet* (Pedro el Negro), un personaje diabólico que infligía castigos corporales a los niños o los secuestraba para llevárselos a un lugar de tormento.

---

[5] *Deutsch: Denken, wissen und kennen.* Holt, Rinehart y Winston, 1966.

Representación de *Sinterklaas* y Pedro el Negro

En la noche del 5 de diciembre, los niños holandeses estudiaban las Escrituras durante horas antes del advenimiento de *Sinterklass*, pues el propósito de su visita era catequizarlos sobre su conocimiento bíblico. Era absolutamente esencial que pasaran la prueba con mucho éxito, porque fracasar significaba la irreversible condena de sus almas.

Unos cinco minutos antes de que llegara *Sinterklaas*, los niños de la casa formaban una fila ordenada detrás de la puerta principal. Después de un breve himno que lo exaltaba por su benignidad sin paralelos, la puerta se abría un poco. Una mano marchita se metía por el espacio abierto y arrojaba un puñado de dulces por el pasillo. Luego, sin advertencia, la puerta se abría de golpe, y entraba *Sinterklaas*, generalmente interpretado por un padre, pariente o vecino.

El ceñudo *Sinterklaas* caminaba hacia el salón, con su capa rojo vino atada sobre su blanca alba de obispo, y rodeaba a los niños. Después de observarlos largo rato, le ordenaba a los nerviosos niños que tomaran asiento. Luego caminaba de un lado a otro frente a ellos, golpeando rítmicamente una vara de abedul contra la palma abierta de su mano mientras los interrogaba al azar sobre áreas de la Biblia.

"¿Quién desobedeció a Dios, y fue, como resultado, transformada en un pilar de sal?"

"¿Las aguas de qué mar separó Moises?"

"¡Reciten los 10 Mandamientos!"

Por cada respuesta correcta, los niños eran premiados con otro puñado de dulces (y a veces, naranjas). En contraste, por cada error los niños recibían un buen varazo, en la palma de la mano o en el trasero. Los niños que no lograban acertar siquiera una respuesta eran sentenciados a una eternidad en las ardientes entrañas del infierno. Los niños que fallaban dos años seguidos eran apiñados dentro del sucio saco de *Sinterklaas* y arrastrados prematuramente a la guarida de Lucifer.

En 1442, el reino español de Aragón conquistó Bari, junto con el resto de los territorios dentro del reino normando de las Dos Sicilias. Poco más de un siglo después, Holanda hizo lo propio cuando se dejó absorber por el reino de los Habsburgo españoles. Poco después de la transición, los obispos católicos holandeses comenzaron a pasar el verano en España, y el espíritu de San Nicolás, afirmaban, viajó con ellos a la verde campiña española. Al principio, un gran obstáculo impedía que *Sinterklaas* se separara de sus deberes: no podía apartar la vista de los niños holandeses, para poder mantener su registro de comportamientos preciso y al día. Siendo así, *Sinterklaas* empleó a un joven moro llamado *Zwarte Piet* (Pedro el Negro) y le encargó la tarea de monitorear a los niños y actualizar los registros durante su ausencia temporal. Más adelante, *Zwarte Piet* comenzó a acompañar a *Sinterklaas* en sus expediciones de entrega de regalos, llevando en su propio saco las varas de abedul para los niños traviesos e impíos.

El profesor de antropología Benjamin K. Swartz, Jr. describió al personaje de Pedro el Negro con más detalle: "En función, Pedro el Negro sirve como una versión holandesa no pagana del alemán *Knecht Ruprecht* (Granjero Rupert), un duende negro que ayuda a San Nicolás como disciplinario de niños. Ruprecht 'aparece greñudo, saco al lomo (…) y vara en mano' en los siglos XVI y XVII (…) La contraparte inglesa de *Knecht Ruprecht*, Robin Goodfellow ['buenhombre'] está documentado desde 1889, [y] tenía una sonora risa de Jo Jo Jo. De hecho, numerosas 'pequeñas personas' sobrenaturales eran asociadas a San Nicolás en esa época en el folclore alemán, lo que contribuyó a su estatus élfico posterior y su colaboración con ayudantes elfos o duendes".

Los suecos del siglo XIX, quizás tomando ejemplo de los cristianos británicos en la década de 1550, salían a las calles con dramáticos y coloridos desfiles para elevar el espíritu navideño. Los súbditos de la corte y los sirvientes del séquito del rey Óscar II –algunos con las caras cubiertas con maquillaje escénico y otras ocultas detrás de máscaras intrincadamente detalladas– cantaban villancicos navideños y balanceaban en los brazos sus canastas de regalos. La llamativa variedad de disfraces era infinita y variada, desde miembros de la realeza hasta soldados, marineros y espeluznantes arlequines. La figura central del panteón de entrega de regalos sueco era *Julbocken*, una "cabra navideña" que se infiltró por primera vez en el imaginario colectivo por vía de *Petter och Lottas Jul* (La Navida de Petter y Lottas), publicado por la escritora Elsa Beskow. La cabra mágica, probablemente otro derivado de *Knecht Ruprecht*, era representada como un personaje mítico que entregaba regalos y buena voluntad a los niños que se portaban bien.

Los *tomtens* eran otros personajes prominentes en el panteón. Éstas eran criaturas pequeñas y regordetas parecidas a gnomos, con barbas blancas y rizadas, y gorros rojos puntiagudos que habitaban en el espacio de rastro bajo cada hogar de Suecia, protegiendo a todos los niños y animales cercanos de espíritus malignos y otras energías negativas. A mediados de diciembre, los *tomtems* se reubicaban en el ático, en el espacio hueco bajo las escaleras, y en otros rincones y recovecos de la casa. Una vez que todos los miembros de la familia estaban bien acomodados en sus camas, los traviesos gnomos salían de sus escondites y guardaban golosinas y valiosos abalorios en grietas difíciles de encontrar, creando así una especie de búsqueda de tesoros para la familia.

Si la familia provocaba a los *tomtens*, sin embargo, éstos tomaban represalias. La familia entonces se vería víctima de leves pero exasperantes bromas (p.ej., medias, guantes y juguetes extraviados, o que la leche se agriara prematuramente), y estaría maldecida con una racha de mala suerte.

Para el siglo XIX, los dos personajes se habían fusionado en uno: *Jultomten*, también conocido como *Tomten* o *Nisse*. *Jultomten* era un cambiaformas adusto y serio que asumía la forma de un caballero bajo y de espalda torcida, vestido con un abrigo largo y andrajoso. Su cesta de regalos estaba montada en el lomo de su carnero mascota. En Nochebuena, *Jultomten* golpeaba la puerta principal de todas las casas. "¿Han sido buenos los niños?", preguntaba con voz resonante desde el otro lado de la puerta. Cuando *Jultomten* recibía confirmación de los padres de la casa, se deslizaba rápidamente por la puerta y entregaba los regalos, supuestamente entrando y saliendo en un abrir y cerrar de ojos.

Para expresar su gratitud, los niños preparaban cuencos de gachas (avena) saladas y bandejas de almendras y mantequilla, que dejaban junto a la entrada de sus casas. *Jultomten* también recibía ofrendas de tabaco y licor. Quienes no lo hacían corrían el riesgo de incurrir en la ira del pequeño obsequiador. No solo recibirían la indiferencia del *Jultomten* al año siguiente, sino que serían sometidos a trucos crueles y bromas prácticas.

Además, en Suecia y ciertas partes de Alemania, la gente comenzó a intercambiar regalos que llamaban "*Yule-klapp*", como una especie de homenaje a San Nicolás. Los *Yule-klapp* eran típicamente collares con pendientes, anillos incrustados de piedras preciosas, o algún otro obsequio brillante. Los regalos se envolvían en tela de seda y se colocaban en múltiples cajas de tamaños cada vez mayores, que creaban un efecto de muñeca rusa. Como dictaba la tradición, el obsequiador tocaba a la puerta de la casa del destinatario, y cuando éste venía a recibirlo, el obsequiador arrojaba el *Yule-klaap* por la puerta y se alejaba corriendo tan rápido como le permitieran sus piernas, para así mantener oculta su identidad.

La mezcla de San Nicolás y las tradiciones navideñas con el pasar del tiempo solo dio lugar a tradiciones más encantadoras. En Francia, *Père Noël* (la versión francesa de San Nicolás/Padre Navidad) era representado como un caballero delgado y anciano, vestido con una holgada túnica roja con capucha y bordeada en piel blanca. Sus regalos no los llevaba en un saco, sino en una *hotte*, una canasta tejida a mano, similar a la que llevan los recolectores de uvas. El 24 de diciembre, los niños franceses desempolvaban sus botas y *sabots* (zuecos tallados en madera), los llenaban con zanahorias y rodajas de manzana para el burro de *Père Noël*, Gui, y las colocaban junto a la chimenea. Para *Père Noël*, preparaban un vaso de buen vino o *calvados*, este último un tipo de Brady de pera o de manzana producido en la región francesa de Normandía.

Contrario a la creencia popular, el obsequiador mítico no era siempre una figura masculina. Considérese, por ejemplo, a la Befana del folklor italiano. Cuando los Tres Reyes Magos se aventuraron desde el Medio Oriente en búsqueda del rey recién nacido, confiaron en la Estrella de Belén como su brújula. Su extenso viaje los llevó a través de numerosos pueblos y países, entre ellos un oscuro y anónimo pueblo en Italia. Los habitantes de cada aldea que se encontraban acudían en masa hacia ellos para guiarlos a su destino. Cuando los magnéticos Magos pasaron por este pueblo italiano, todos los aldeanos se volcaron en masa a las calles y se unieron al cortejo cada vez más grande de los hombres sabios, excepto por una ancianita.

"¡Venga rápido! —la llamaron sus vecinos—. Los Tres Magos están aquí!".

"No esperen por mi —respondió la anciana, sacudiendo su escoba en negativa—. Todavía queda mucho trabajo por hacer en la casa, pero no me cabe duda de que terminaré antes de su partida".

La anciana continuó haciendo los quehaceres en su casa, barriendo, restregando y limpiando, sin percatarse de que el día se volvió noche, y día otra vez. Cuando finalmente completó sus tareas domésticas, se limpió las manos en los costados de su parcheado vestido, admirando la impecabilidad de su propio trabajo. Fue solo entonces que notó el silencio penetrante, en el que se escucharía caer un alfiler, y el rayo de sol matinal que acariciaba su mejilla. La anciana agarró la caja de regalo que estaba sobre la mesa de la cocina y salió cojeando por la puerta, con la escoba todavía en la mano, pero los aldeanos ya no estaban.

La Befana, como fue bautizada desde entonces, no ha completado su búsqueda del recién nacido. Cada año, el 6 de enero, ella salta sobre su escoba y vuela sobre todo el continente, parando en la casa de cada niño en el camino. Saca uno de los regalos de su cesta, que lleva como una mochila, y se desliza por la chimenea, metiendo un montón de detallitos en medias tejidas a mano o colocándolos bajo el árbol de Navidad. Aunque aún no ha podido encontrar al rey recién nacido, ella otorga un obsequio a cada niño, con la esperanza de finalmente encontrarlo.

Cuando la historia de la Befana se estableció por primera vez, en algún punto del siglo XIII, a los niños se les ordenaba quedarse en sus camas. Se dice que aquellos que ignoraban las advertencias de sus padres, recibían un golpetazo en la espalda, de la escoba de la Befana. Para agradecerle por sus molestias, cada familia preparaba un plato de sándwiches [panini] y otros bocadillos, acompañados de una copa de vino tinto.

Los niños italianos pasaban la última semana de diciembre tejiendo medias y componiendo listas de deseos, así como cartas dirigidas a la Befana que describían con detalle su comportamiento a lo largo del último año. Los niños de buenos modales podían esperar encontrar en sus medias lindas muñecas, títeres hechos a mano, y novedades de madera. Los niños rebeldes, por otro lado, recibían medias llenas de ajo, carbón y bulbos de cebolla viejos.

Santa en América

"Santa Claus es cualquiera que ame a otro y busque hacerlo feliz; quien se entrega en pensamiento o palabra o acto en cada regalo que obsequia; quien comparte sus alegrías con quienes están tristes; cuya mano nunca se cierra para los necesitados (…) quien reconoce a un hermano y compañero en cada hombre que se encuentra en el camino común de la vida…". – Edwin Osgood Grover, 1912

El caballo alado de San Nicolás aterrizó por primera vez en el Nuevo Mundo a comienzos del siglo XVII, junto con los colonos holandeses y alemanes que se asentaron en Norteamérica. Han sobrevivido pocos registros, pero los historiadores creen que las tradiciones de dar regalos que rodean al magnánimo personaje fueron practicadas primero por familias holandesas, predominantemente en Nueva Ámsterdam (ahora la ciudad de Nueva York). Colonos alemanes, belgas y polacos que se encontraban en Pensilvania también pueden haber celebrado la fiesta de San Nicolás.

El 23 de diciembre de 1773, el periódico *New York Gazetteer*, del nativo de Inglaterra James Rivington, publicó un artículo que cubría el Partido del Té de Boston. En él, menciona que clanes de familias holandesas se habían reunido en una taberna local para honrar a San Nicolás:

"El lunes pasado, el Aniversario de San Nicolás, también conocido como San[t] A Claus, se celebró en el Salón Protestante, en la propiedad del Sr. Waldron; donde un gran número de los hijos de ese antiguo santo celebraron el día con gran alegría y festividad". Rivington fue, por consiguiente, el primero en publicar un artículo en Norteamérica que mencionaba a San Nicolás y su fiesta por su nombre. Como puede concluirse, él también hizo la primera referencia a "Santa Claus", identificándolo como "*St. A Claus*", posiblemente una alteración de la forma holandesa de *Sinterklaas*.

San Nicolás desapareció de los periódicos y no volvió a reseñarse hasta alrededor de veinte años después, cuando sus tradiciones fueron resucitadas por un neoyorquino de nombre John Pintard. Comerciante, filántropo, francmasón activo y secretario de la Academia de Bellas Artes, Pintard insinuó su fascinación con San Nicolás en su diario privado, en 1793 y 1797, pero no fue hasta los primeros años del siglo XIX que llevó su movimiento más allá del papel.

Pintard

En 1804, Pintard se convirtió en uno de los once fundadores de la Sociedad Histórica de Nueva York, que se dice fue el primer museo en el estado. Pintard reconoció la importancia de almacenar y preservar diarios, libros, relatos de testigos oculares y otros registros de su historia, salvándolos del "polvo y la oscuridad". El cinismo de estos hombres se había endurecido con sus experiencias durante la Revolución estadounidense y la invasión británica de la ciudad de Nueva York en 1776. Anhelaban tiempos más simples, y les angustiaba la inmoralidad e impiedad que parecía definir las normas neoyorkinas.

San Nicolás fue adoptado extraoficialmente como la mascota de la sociedad, una personificación de los dulces y sencillos días de antaño. En 1809, Pintard dio el siguiente brindis en la celebración de la cena anual de la Sociedad: "A la memoria de San Nicolás. Que los hábitos virtuosos y modales sencillos de nuestros ancestros holandeses no se pierdan en los lujos y refinamientos del tiempo presente".

Las menciones apasionadas de San Nicolás que Pintard hizo en la mesa no pasaron desapercibidas con su familia y amigos. Con el tiempo, casi toda su familia se cansó del tema y solo lograba mostrar un tibio interés en el mejor de los casos, complaciéndolo con respuestas desganadas. No obstante, dos de los compañeros más cercanos de Pintard se mantuvieron interesados: el autor basado en Manhattan, Washington Irving, y el ministro episcopal y artífice de la palabra, Clement Clark Moore.

Irving

Moore

El inquisitivo Irving llamó la atención sobre la figura por primera vez en enero de 1808. Ese mes, escribió en *Salamagundi,* una revista literaria de su propia creación y renombrada por satirizar a políticos influyentes: "El conocido San Nicolás –vulgarmente llamado 'Santa Claus'–, de todos los santos en el calendario el más venerado por los verdaderos holandeses, y sus poco sofisticados descendientes". El sarcasmo que gotea de este extracto es un tema común presente en muchas de las obras de Irving, pero están al mismo tiempo aderezados con pistas que apuntan a su tácito, pero genuino amor por la estación invernal. Hizo una segunda y más elaborada referencia a Santa Claus en su libro de historia satírico, *Historia de Nueva York.* El libro se publicó bajo el pseudónimo holandés de "*Dietrich Nickerbocker*", el 6 de diciembre de 1809, y de ahí el título alternativo del manuscrito: "La historia de Knickerbocker de Nueva York, desde el principio del mundo hasta el fin de la dinastía holandesa".

En *Historia de Nueva York,* San Nicolás fue reconocido como el santo patrón de Nueva Ámsterdam, y descrito como un "alegre viejo holandés, apodado '*Sancte Claus*', que en el día de su fiesta estacionaba su carro sobre los tejados y se deslizaba abajo por las chimeneas con regalos para los niños dormidos.

En un esfuerzo por superar las celebraciones del año anterior, Pintard le encargó al artista Alexander Anderson producir una delicadamente detallada ilustración de San Nicolás grabada en madera, que los invitados pudieran luego pasarse entre ellos durante la cena. Alexander cumplió, y el 6 de diciembre de 1810, Pintard mostró entusiasmadamente el grabado en madera de dos paneles.

A la izquierda estaba el retrato de Nicolás como obispo, representado como un caballero de rostro curtido, calvo y con aureola, con una enmarañada barba blanca, sosteniendo un vara de abedul en una mano, y un abultado saco de monedas de oro en la otra. A la derecha estaba la imagen de dos niños, una niña bien cuidada con una dulce sonrisa ("la niña buena") y un niño llorando, con la camisa suelta y la ropa arrugada (el "niño malo"). Los niños estaban encaramados sobre el tope de una chimenea crepitante, flanqueados por dos medias. La inscripción debajo de estas imágenes decía:

"¡San Nicolás, mi querido y buen amigo!"

Servirte fue siempre mi propósito,

Si quieres, ahora, darme algo,

Te serviré siempre mientras viva".

Quince días después, el *New york Spectator* publicó un poema saludando al mismo "hombre bueno y santo". Tanto el poema como la xilografía contenían pistas que insinuaban los orígenes holandeses de la tradición, tales como las naranjas que se ven en las medias de la niña bien portada. Se cree que esto se hizo en deferencia a la realeza de Orange-Nassau.

Pintard e Irving habían convertido exitosamente a San Nicolás (y a *Sancte Claus*), anteriormente personaje de culto, en un nombre familiar, pero su vínculo con la Navidad aún no existía. La Navidad había sido parte integrante del Nuevo Mundo desde la época colonial, pero poco era sagrado acerca de sus festividades acompañantes. La gente causaba alegres estragos en las calles, utilizando el día festivo como una excusa para consumir barriles de licor, y disparar borrachos sus revólveres.

Tanto Pintard como Irving expresaron su desaprobación de la fiesta, que se había desviado de su verdadero significado, en múltiples ocasiones. Pintard, por ejemplo, insistía en que se restringiera a una "fiesta invernal orientada a la familia para la sociedad educada". Irving repitió los sentimientos de Pintard en *Sketch Book*, publicado en 1819. Al describir a una familia comiendo una deliciosa cena de Navidad, estaba reforzando y apoyando el entonces impopular concepto de una celebración familiar.

El ministro Clement Clark Moore estaba complacido con la creciente popularidad de San Nicolás, pero lo estuvo aún más cuando se topó con un camino obvio, pero intransitado. En 1823, Moore publicó "Una visita de San Nicolás", también publicado como "La noche antes de Navidad". En este entrañable poema, Moore ata a propósito la llegada de San Nicolás con la víspera de la Navidad, con lo que esperaba validar todavía más la causa de Pintard e Irving.

Supuestamente, Moore se inspiró durante una salida de compras en trineo, y basó su Santa Claus en un holandés que vivía en Chelsea.

> "Así que hasta el tope de la casa volaron los corredores,
>
> Con el trineo lleno de juguetes, y también San Nicolás.
>
> Y luego, en un abrir y cerrar de ojos, escuché en el techo
>
> El salto y el zumbido de cada pequeño casco.
>
> Mientras recogía mi mano y me daba la vuelta,
>
> Por la chimenea, San Nicolás llegó con un salto.
>
> Estaba vestido todo de pieles, desde la cabeza hasta los pies,
>
> Y su ropa estaba manchada de cenizas y hollín;
>
> Un paquete de juguetes tenía echado a la espalda,
>
> Y parecía un vendedor ambulante abriendo su mochila.
>
> Sus ojos, ¡cómo brillaban! sus hoyuelos, ¡qué joviales!
>
> ¡Sus mejillas eran como rosas, su nariz como una cereza!
>
> Su graciosa boquita esbozaba una sonrisa,
>
> Y su barba era tan blanca como la nieve"

San Nicolás ya no era un fantasma vengativo y ceñudo de perpetuo mal humor, sino más bien un viejo jovial, de hoyuelos y nariz roja con ojos suaves y brillantes. La interpretación de Moore de San Nicolás era misericordiosa y de temperamento dulce, equipado con una "redonda barriga que se sacudía como un cuenco lleno de gelatina" con cada nota de su musical risa. Varios otros pasajes en el poema contienen descripciones vívidas de su apariencia, y también revelaron nuevos detalles de su historia.

De lo siguiente puede deducirse que San Nicolás era pequeño, no más alto que un duende:

> "…un trineo en miniatura, y ocho renos pequeñitos,
>
> Con un viejecito conductor, tan animado y rápido,
>
> ¡Que supe en ese momento que debía ser San Nico!"

Los nombres de los renos de San Nicolás, así como sus métodos de aterrizaje y atraque también fueron revelados:

> "…Y luego, en un instante, escuché en el techo
>
> Los brincos y pasos de cada pequeño casco…
>
> Y él silbó y gritó, y los llamó por sus nombres:
>
> '¡Ahora, *Dasher*! ¡Ahora, *Dancer*! ¡Ahora, *Prancer* y *Vixen*!
>
> ¡Adelante *Comet*! ¡Adelante, *Cupid*! ¡Adelante, *Donner* y *Blitzen*!'"[6]

En menos de veinte años, el poema anónimo, reproducido libremente en cada periódico en la temporada de invierno, se conoció en todos los Estados Unidos, y desde allí se extendería al resto del mundo angloparlante. "Los neoyorquinos gentiles abrazaron la versión de Moore, hogareña y centrada en los niños, como si lo hubieran estado haciendo todas sus vidas"[7]. Clement Clark Moore se atribuyó el poema años después, pero algunos críticos literarios piensan que el autor verdadero fue un hombre llamado Henry Livingston, un granjero que escribió poemas y los publicó anónimamente. Los hijos adultos de Livingston recordaron más tarde que su padre les había leído esos versos cuando eran niños pequeños.

Sea como fuere, en las décadas siguientes, más autores se dieron a la tarea de profundizar más en la historia de origen de San Nicolás. En 1849, el escritor y misionario James Rees publicó un cuento titulado "Una leyenda de Navidad", añadiendo a la Señora Claus a la mezcla por primera vez. La trama gira en torno a una pareja desamparada que toca a la puerta de una familia al azar y les piden refugio del frío. Hacia el final de la historia, la familia descubre que los extraños –de quienes sospechaban inicialmente que eran el Sr. y la Sra. Claus– eran de hecho parientes que tenían tiempo sin ver, disfrazados.

Los autores observadores notaron la recepción que rodeó al nuevo personaje, y algunos de ellos comenzaron rápidamente a capitalizar el bombo publicitario. A lo largo de los años siguientes, la Sra. Claus se convirtió en un personaje recurrente en cantidad de libros, poemas y canciones dedicadas a San Nicolás. El prototipo de la Sra. Claus era un personaje de fondo, memorable pero poco imaginativo, con un sentido de la moda peculiar y una inclinación por las fiestas navideñas. En algunas versiones, la Sra. Claus estaba vestida en diversos tonos de rojo, mientras que en el ensayo de E.C. Gardner, "*A Hickory Back-Log*", se lucía en un vestido a cuadros color verde bosque.

En el éxito de ventas infantil de 1878, *Los viajes de Lill en la Tierra de Santa Claus y otras historias*, la Sra. Claus es representada como una esposa cariñosa y secretaria fiel. La

---

[6] Las posibles traducciones al español de los nombres de los renos serían: *Dasher* – Brioso; Dancer – Danzarín; Prancer – Saltarín; Vixen – Travieso; Comet – Cometa; Cupid – Cupido; Donner – Trueno; Blitzen – Rayo.

[7] Ibid.

protagonista, Lill, la describe como "una señora sentada junto a un escritorio dorado, escribiendo en un gran libro". Los esposos trabajaban como equipo; Santa relataba a su esposa el comportamiento de los niños en el otro extremo de su telescopio, y ella a su vez registraba sus observaciones en un cuaderno.

Representación de 1878 de Santa Claus y la Sra. Claus

Postal de 1919 de Santa Claus y la Sra. Claus

Cuando eran mujeres quienes escribían sobre ella, la Sra. Claus era representada tan amable e inteligente como obstinada y franca. En el poema de Katharine Lee Bate, *"El buen Santa Claus de paseo en trineo"*, publicado en 1889, la Sra. Claus exige que se le permita subir al trineo de Santa con la intención de entregar ella misma los juguetes. Defiende su caso en el siguiente fragmento:

"¿Que las mujeres están hechas para el hogar? ¡Tonterías, buen hombre!

Deja que nuestros huertos frutales respondan por el valor de una mujer en el exterior…

Mientras ato más apretado tu gorro de piel, besaré tu rubicunda barbilla.

¡Estoy tan contenta que me nace cantar, así como las campanas comienzan a repicar!

¿Están listas las frazadas para nuestros regazos, tejidas como de nubes?

¡*Tirra-lirra* [sic]! Arrópame con ellas".

Como hemos señalado, el poema navideño de Moore fue una gran sensación, tanto que los periódicos nacionales lo reimprimían colectivamente cada vez que llegaban las fiestas. Thomas Nast, un dibujante y caricaturista empleado por *Harper's Weekly*, quedó especialmente encantado con la imagen que Moore pintó de San Nicolás. Estimulado por los variados pero convincentes detalles de la historia de origen de San Nicolás que flotaban en el mundo literario, Nast se decidió y se dispuso a desarrollar una interpretación propia.

La primera ilustración que Nast hizo de Santa Claus se publicó en la edición de *Harper's Weekly* del 3 de enero de 1863. En esta imagen políticamente cargada, titulada "Santa Claus en el Campo", el Santa anti confederado y partidario de la Unión viste un abrigo bordeado en piel y decorado por todos lados con patrióticas estrellas blancas y pantalones a rayas con los colores de la bandera estadounidense. De pie ante Santa Claus había una multitud de soldados adultos, uno de los cuales está admirando los calcetines que le regalaron.

Sin darse cuenta, Nast había comenzado un capítulo nuevo en la historia de Santa Claus en los Estados Unidos. Los vínculos religiosos de la figura con el santo original se habían removido para dar lugar a un personaje laico, que promovía la alegría, la buena voluntad y el patriotismo durante la temporada de invierno. Surgieron historias de que el presidente Lincoln en persona había contratado a Nast para que produjera la ilustración como propaganda de reclutamiento, pero independientemente de cómo sucedió, el efecto fue innegable, y Lincoln quedó tan impresionado con los resultados que llamó a Santa "el mejor sargento de recluta que el Norte haya tenido". Del otro lado de la pelea, los padres usaban el personaje para enfatizar la fuerza opresora del bloqueo de la Unión: "Ni siquiera Santa podría pasar por el condenado bloqueo yanqui".

Nast finalmente eliminó los elementos descaradamente patrióticos en sus ilustraciones posteriores de Santa Claus; se retiró el atuendo patriótico, y en su lugar quedó un abrigo y pantalones sencillos en colores sólidos, con un sombrero peludo. Ya no era un portavoz de la Unión, sino una vez más una gentil figura paterna.

Para ser justos, los niños alrededor del planeta siempre habían sido escépticos en cuanto a la existencia de Santa Claus, una figura convenientemente evasiva que tenía demasiado interés en su conducta. Tres años antes de que terminara el siglo XIX, una niña pequeña tomó la iniciativa de buscar respuestas por sí misma. En las primeras semanas de septiembre, la oficina del *New York Sun* recibió una corta pero poderosa carta de Virginia O'Hanlon, de 8 años de edad. Al principal escritor editorial, Francis Pharcellus Church, le conmovió particularmente la pregunta de O'Hanlon, y tanto la carta como la respuesta de Church se publicaron el 21 de septiembre de 1897. El intercambio pronto batería récords como el editorial más reimpreso de todos los tiempos.

La carta de O'Hanlon decía:

"QUERIDO EDITOR:

Tengo ocho años. Algunos de mis amigos dicen que no existe Santa Claus. Mi papá dice, 'Si lo vez en [el periódico] *The Sun*, es así'. Por favor, dígame la verdad: ¿existe Santa Claus?".

Church respondió: "VIRGINIA, tus amiguitos se equivocan. Ellos han sido afectados por el escepticismo de una era escéptica… Si, Virginia, sí existe Santa Claus. Él existe tan ciertamente como existen la devoción, el amor y la generosidad, y tú sabes que ellos abundan y le dan a tu vida su más grande belleza y alegría. ¡Oh!, Qué triste sería el mundo si no hubiera un Santa Claus. Sería tan triste como si no hubiera VIRGINIAS… Gracias a Dios que él vive, y vive para siempre. Dentro de mil años, Virginia, no, diez veces diez mil años desde ahora, él continuará alegrando los corazones de los niños…".

Santa se vuelve comercial

"Erran quienes creen que Santa Claus entra por la chimenea. En realidad, él entra por el corazón": – Charles W. Howard, fundador de la Escuela Charles W. Howard, para aspirantes a Santa Claus

Para quienes lo conocían, el empresario escocés-estadounidense James Edgar era la reencarnación del mismísimo San Nicolás. En 1878, poco después de que se mudara a Boston, Massachusetts, Edgar construyó desde cero una tienda de productos secos. Se llamaba, acertadamente, la *"Boston Store"* [Tienda/Almacén de Boston], pero luego cambió de nombre a

"Edgar's". No solo era Edgar un individuo alegre, de buen humor y ánimo, con una risa contagiosa; cualquiera que lo tratara, decían, se beneficiaba de su ilimitada generosidad.

En contraste con empleadores crueles y avaros que obligaban a sus empleados a trabajar tiempo extra sin paga, la *Boston Store* abría desde la mañana hasta la noche solo tres veces a la semana. Siendo así, a los empleados se les permitía cerrar el negocio temprano en la tarde cuatro días de la semana, de manera que pudieran pasar el resto del día con sus familias. Edgar también velaba de corazón por los intereses de sus clientes. Permitía que los más pobres pudieran apartar cierta cantidad de productos, y daba un interés mensual de 4% sobre cualquier suma que pudieran pagar por el depósito. El filantrópico Edgar también era un vecino fantástico, comprometido al servicio de su comunidad. Regularmente cubría los gastos médicos de los niños indigentes en su ciudad, siempre manteniendo oculta su identidad.

Por encima de todo, Edgar era un personaje divertido y juguetón, que adoraba a los niños tanto como disfrutaba disfrazarse. En fotografías preservadas por sus seres queridos y publicadas en los periódicos locales se le ve en diversos disfraces, desde George Washington hasta el Tío Sam. En ocasiones especiales, como el 4 de Julio, subía a la azotea de la *Boston Store* y arrojaba centavos y otras pequeñas baratijas a la multitud que reía en la calle.

Edgar disfrazado de payaso

Durante los primeros años desde que abrió la *Boston Store*, Edgar le agregaba un toque extra de color a la temporada navideña, luciendo su disfraz de payaso favorito. Continuó esta tradición propia hasta 1890, cuando redescubrió al Santa Claus de Nast en una vieja edición de *Harper's Weekly*. Esa misma tarde, se dirigió al centro y contrató a una modista para que recreara el traje de Santa –como se veía en la ilustración de Nast– hecho a su medida. Edgar más tarde recordaría los pensamientos que daban vueltas en su cabeza, al decir: "Nunca he podido entender por qué el gran caballero vive en el Polo Norte. Está tan lejos. Solo puede ver a los niños un día al año. Debería vivir más cerca de ellos".

Cuando estuvo listo el traje de Santa, Edgar regresó al centro a recoger su disfraz. Luego redactó y publicó un aviso que anunciaba un encuentro con Santa Claus en la *Boston Store*.

Cuando llegó el día, Edgar quedó atónito con la larguísima fila de padres y niños que esperaban afuera de la puerta. El empresario poco convencional es ahora recordado como el primer "Santa de tienda departamental/centro comercial".

Kaje Rossen, de *Mental floss*, describió los resultados: "La noción de un Santa viviente era tan intrigante que la tienda de Edgar atrajo visitantes de lugares tan lejanos como Nueva York y Rhode Island. Para el año siguiente, varias otras tiendas en todo el país habían adoptado la idea, que ayudaba a impulsar el tráfico peatonal y las ventas (…) Sin embargo, a diferencia de muchos de sus sucesores, Edgar nunca tuvo un lugar en el que se sentaba ocioso. Deambulaba por su tienda, buscando activamente a los niños para que pudieran confiarle sus deseos".

Teniendo en cuenta la popularidad secular de Santa, que había experimentado un resurgimiento en los últimos años, las organizaciones de caridad también comenzaron a adoptar al personaje ficticio como su embajador. Esperaban que la adición del famosamente generoso portavoz alentaría más al público a donar, e incentivaría a los benefactores regulares a aumentar sus contribuciones.

En 1891, el capitán del Ejército de Salvación, Joseph McFee, dirigió un proyecto que tenía por objetivo proporcionar, de forma gratuita, una cena de Navidad a 1.000 ciudadanos desfavorecidos a lo largo de las fiestas. Mientras pensaba en posibles maneras de financiar el proyecto, comenzó a recordar sus días como marinero en Liverpool. McFee recordó que, en el puerto de Stage Landing, estaba la "Olla de Simpson" [*Simpson's Pot*], un caldero de hierro vacío que recibía monedas de los transeúntes. Al final de la semana, las monedas eran recolectadas y distribuidas entre los pobres.

Al día siguiente de recordar eso, McFee compró un caldero de hierro de tamaño similar y lo instaló en el embarcadero del ferry de Oakland, junto a la calle Market de San Francisco. El caldero de MacFee, ahora conocido como la "Olla Roja", fue un éxito instantáneo, y le permitió a McFee superar su objetivo.

Para 1897, la tradición de la Olla Roja había viajado a la Costa Este, particularmente al área de Boston. Ese diciembre, las ramas del Ejército de Salvación en los Estados Unidos organizaron recaudaciones de fondos que resultaron en la distribución de 150.000 cenas navideñas gratuitas. El Ejército de Salvación también promovía la buena voluntad contratando a hombres desempleados, vistiéndolos con trajes de Santa Claus, y asignándoles la tarea de pedir donaciones en las calles.

**Fotografía de 1902, de un hombre recaudando fondos para Voluntarios por América
disfrazado de Santa Claus**

En 1929, el capitán William Wincapaw, un piloto de hidroavión de Maine, lanzó el programa
Flying Santa ["Santa Volador"], en el que aviones entregaban regalos y paquetes con provisiones
a los guardianes de faros y la gente que vivía en áreas similarmente aisladas de la costa de Nueva
Inglaterra. La página web oficial de la sociedad, *Friends of Flying Santa* [Amigos del Santa
Volador"], describe con más detalle los orígenes del programa: "…Comenzó el 25 de diciembre
de 1929, [cuando el capitán Wincapaw] cargó su avión con una docena de paquetes que
contenían periódicos, revistas, café, dulces y otros artículos. Eran pequeños lujos y productos
básicos comunes que podían hacer un poco más llevadero vivir en una isla aislada (…) Volaba a
[faros] alrededor del área de Rockland y dejaba caer estos modestos regalos para las familias en
los faros. Sin llegar a saber nunca qué tan bien recibido sería su gesto de buena voluntad
navideña, volaba a casa para pasar el resto del día con su familia…".

Decir que la Coca-Cola Company fue la creadora del actual Santa Claus sería inexacto. De
hecho, ni siquiera fue la primera compañía de bebidas en presentar a Santa en sus campañas
publicitarias. Bebidas White Rock, que se originó en Waukesha, Wisconsin, embotellaba agua
fresca de manantial supuestamente provenida de la fuente medicinal cerca de los asentamientos
nativos Potawatomi, y el 19 de diciembre de 1915, *White Rock* utilizó por primera vez a Santa
Claus para impulsar las ventas de su agua mineral, como se ve en un anuncio publicitario

publicado por el *San Francisco Examiner*. En la ilustración, se ve a Santa al volante de un tractor que lleva regalos en cajas de White Rock cuidadosamente apiladas.

El Santa Claus de White Rock reapareció en el *The New York Herald* el 10 de diciembre de 1916, esta vez conduciendo un avión repleto de regalos. En 1923, el Santa de White Rock figuró por primera vez en publicidades a color, esta vez en el número del 12 de diciembre de la revista *Life*. Aquí, se ve a Santa reclinado en un sillón mullido, examinando una lista de niños "buenos o traviesos". Sobre el escritorio de Santa se pueden ver botellas abiertas de agua White Rock, refresco de jengibre marca White Rock y whisky.

No se puede dar el crédito a la Coca-Cola Company de haber fabricado al santa Claus conocido y amado por los niños alrededor del mundo hoy, pero la compañía ciertamente ayudó a inculcar la imagen modernizada en las mentes de millones de estadounidenses en todo el país. La compañía probó por primera vez la publicidad con temática de Santa Claus en la década de 1920, cuando apareció en una serie de anuncios publicados en periódicos locales como el *The Saturday Evening Post*. En esta etapa, la bebida estaba encasillada como solo apropiada para el verano, pero la compañía estaba decidida a cambiar esto. Por ese motivo, usaron el siguiente eslogan en su nueva campaña: "La sed no sabe de estaciones".

El intento inicial del equipo de marketing, que destacaba la versión original de su mascota, modelada a partir del Santa desaliñado de Nast, fracasó. En respuesta, Archie Lee, un ejecutivo de la agencia publicitaria D'Arcy, esbozó los detalles para el nuevo Santa de la Coca-Cola: un individuo de buen parecer pero juguetón, que fuera a la vez paragón de virtud. En 1931, Haddon Sundblom, un ilustrador nacido en Michigan, fue invitado al equipo para que dibujara al nuevo y mejorado Santa Claus de la Coca-Cola. Sundblom recibió instrucciones de crear un Santa "realista" en lugar de un "Santa de tienda departamental", como había sido mostrado en anuncios anteriores.

Sundblom eligió el Santa Claus de Clement Moore como la base para su personaje, como descrito en este artículo de 1927 publicado en el *New York Times*: "Un Santa estandarizado (…) se le aparece a los niños de Nueva York. La altura y el peso están casi exactamente estandarizados, así como las prendas rojas, la capucha y los bigotes blancos. La bolsa llena de regalos, mejillas y nariz rojizas, cejas pobladas, y un efecto alegre y panzón también son partes inevitables del maquillaje necesario".

El artista también seleccionó un modelo en vivo, utilizando a su amigo cercano, un vendedor retirado llamado Lou Prentiss. Cuando Prentiss murió, Sundblom instaló un espejo en su estudio y usó su propia apariencia como guía para los rasgos de Santa Claus. Encontró inspiración en todos lados. Los hijos de sus vecinos sirvieron de modelos e inspiración para los niños que se ven agrupados en torno a Santa en las pinturas de Sundblom. Al perro mestizo que se ve en sus trabajos posteriores lo diseñó a partir del caniche gris que pertenecía a un florista cercano.

El Santa Claus de Sundblom fue finalmente revelado en la edición de invierno de 1931 del *Saturday Night Evening Post*, completo con un nuevo lema: "Me quito el sombrero ante la pausa que refresca". El Santa de la Coca-Cola continuó haciendo apariciones recurrentes en este periódico, así como en *National Geographic*, *The New Yorker* y el *Ladies Home Journal*. El Papá Noel de Sundblom fue mucho más que simplemente bien recibido por el público; supuestamente duplicó, o tal vez incluso triplicó, las ventas de invierno de la compañía (supuestamente su temporada más lenta).

Al igual que Coca-Cola, emprendedores ambiciosos en todo el país se apresuraron a sacarle el mayor provecho al creciente y próspero éxito en el mundo comercial del personaje laico de Santa Claus. En 1937, Charles Willis Howard, un veterano Santa de tiendas y participante en desfiles, muy prominente en el circuito de las tiendas *Macy's*, decidió que era hora de refinar el arte. Ese año, estableció en Nueva york la Escuela Charles W. Howard para aspirantes a Santa Claus, que sigue siendo la más antigua y prestigiosa de su tipo hoy en día. Obviamente, esta institución única, descrita por CBS como "la Harvard de las escuelas para Santas", no se ganó este título y su estelar reputación de la noche a la mañana. Howard era un profesional, que se enorgullecía enormemente de su trabajo, alguien decidido a reunir a los mejores Santas que el mundo hubiera visto.

Para comenzar, cada estudiante recibía un "kit de Santa", que incluía cejas adhesivas, una barba con banda elástica, maquillaje relevante, y así. Las clases ofrecidas por la institución abarcaban la historia de San Nicolás y el Santa Claus secular, y la geografía del Polo Norte, así como lecciones dirigidas a familiarizar a los estudiantes con renos, con demostraciones en vivo. Más adelante se creó un plan de estudio separado para las aspirantes a la Sra. Claus. Tom Valent, el actual decano de la institución (ahora en Midland, Michigan), expresó en palabras el objetivo principal de Howard: "Cuando interpretas la imagen de Santa Claus, es un privilegio, es un honor, y es algo maravilloso. Es, básicamente, hacer feliz a la gente y disfrutar del espíritu de la Navidad, el espíritu de Santa Claus. Y cuando haces a la gente feliz, ya sabes cómo es, ellos te hacen saber lo bien que se sienten. Es solo una buena sensación, que crece y crece".

En enero de 1939, los ejecutivos de la oficina de Chicago de Montgomery Ward, un minorista de renombre nacional, unieron sus mentes y analizaron ideas que tuvieran el potencial de disparar sus próximas ventas de invierno. Antes de eso, los grandes almacenes vendían libros de colorear navideños a los niños durante las fiestas, lo que era un modelo perfectamente lucrativo. Sin embargo, uno de los ejecutivos cayó en cuenta de que sería más rentable y gratificante armar un libro de Navidad propio de la tienda.

El redactor publicitario Robert May fue seleccionado para asumir el proyecto. Al principio, May encontró difícil superar los obstáculos de su bloqueo creativo. Estaba en una mala situación económica, todavía sufriendo por las heridas infligidas por la Gran Depresión. La angustia provocada por las crecientes tensiones, indicativas de que se avecinaba una gran guerra en

Europa, tampoco hacía nada por aliviar su ansiedad. Lo que era peor, su esposa estaba gravemente enferma de cáncer, y las crecientes facturas médicas del insolvente May solo aumentaban sus tribulaciones.

Encargado de crear una historia centrada en un adorable animal semiantropomórfico, May seleccionó al clásico reno, y llamó a su protagonista de nariz roja, "Rodolfo". Como la mayoría de los grandes escritores, May incorporó sus propias características en Rodolfo, descrito como un reno valiente e incomprendido, que al principio era rechazado por su parpadeante nariz roja, pero cuya deformidad terminó salvando la Navidad. May también se inspiró en el argumento del poema de Moore, así como en el clásico cuento de Hans Christian Andersen, "El patito feo".

En diciembre de 1939, las 620 sucursales de Montgomery Ward obsequiaron a cada niño visitante una copia gratuita del folleto de 32 páginas, completamente ilustrado, lo que equivalió a casi 2.4 millones de copias en total. Un memorando publicado por el departamento de publicidad dos meses antes, explicaba el razonamiento detrás de esta táctica de marketing: "Creemos que una historia exclusiva como esta, publicitada agresivamente en nuestros anuncios en periódicos y circulares puede traer a cada tienda una cantidad incalculable de publicidad (…) y, mucho más importante, una enorme cantidad de tráfico de compradores navideños.

Como era de esperar, empresas de todos los tipos y tamaños no perdieron tiempo en enganchar sus vagones a ese tren. En las décadas siguientes, toda clase de mercancías de Santa Claus se producían y ponían en el mercado masivamente; cajas de chocolates, cigarrillos, calendarios, barras de jabón, y casi cualquier otro producto imaginable. También se produjeron docenas de canciones sobre Papá Noel, como *"Santa Baby"*, *"I Saw Mommy Kissing Santa Claus"*, *"Here Comes Santa Claus"* y *"Santa Claus is Coming to Town"*. El Santa laico también apareció varias veces más en publicidades, anunciando "máquinas de tormenta de nieve" un día y promocionando latas de sopa Campbell al siguiente.

En otro eco del pasado, la cara de Santa Claus se estampó en varios carteles de propaganda distribuidos a lo largo y ancho de los Estados Unidos durante la Primera y Segunda guerras mundiales. Con los hombres lejos en el frente de batalla, se esperaba que las mujeres mantuvieran el frente doméstico. La Primera Dama, Eleanor Roosevelt instó a las mujeres de todo el país a enfrentar el desafío y asumir los roles que ahora estaban vacantes. Rogó a los estadounidenses: "El lugar de una mujer está en la oficina, la fábrica, el tribunal, el mercado, la estación de servicio de la esquina, y otros lugares demasiados numerosos para nombrarlos". Un artículo de 1942 en el *St. Louis Star Times* reconoció la lógica en las palabras de la Primera Dama: "Se acostumbra[ba] en tiempos de guerra que las mujeres se hicieran cargo de numerosos campos de trabajo que convencionalmente se reservaban a los hombres".

Insistían, no obstante, en que una mujer no tenía lo necesario para interpretar el papel de Santa Claus. "Hay un dominio masculino (…) que debe ser defendido a toda costa —afirmó el autor del artículo—. ¿Una mujer Santa Claus? ¡Dios no lo permita! Eso sería estirar demasiado la credulidad de los pequeños e ingenuos niños".

Para el espanto de los conservadores puristas de Santa Claus, muchos respaldaron públicamente la idea de una Santa Claus femenina, incluido el mismo Charles Howard. En 1937, anunció a la Prensa Asociada la adición de una división femenina. El trabajo de la Sra. Claus, dijo Howard, era "recibir a las niñas, aprender qué querían recibir en sus medias navideñas, enseñarles a jugar con muñecas, casas de muñecas, platos y ropa".

Afortunadamente, algunos empresarios descartaron las normas anticuadas y sexistas de la época y construyeron una plataforma comercial para una Santa Claus. La leyenda que acompañaba una fotografía publicada por la Prensa Asociada en noviembre de 1942 menciona la primera aparición de una Santa Claus de tienda departamental: "La escasez de mano de obra masculina ha golpeado incluso al viejo San Nico (…) Esta mujer Santa Claus se ha aparecido – vestida como el Sr. Claus excepto por los bigotes– en una tienda departamental de Chicago, y los niños parecen igual de felices de contarle a ella qué regalos esperan recibir".

Un mes después, el *Brooklyn Eagle* reportó: "Incapaz de encontrar un hombre adecuado para el trabajo, una tienda FW Woolworth en Unión, Nueva Jersey (…) también contrató a una mujer Santa Claus (…) [llamada] Sra. Anna Michaelson (…) [Ella] usa una falda, en lugar de pantalones, pero todos los demás accesorios serán los mismos que del tradicional Kris Kringle".

Este nuevo fenómeno fue recibido con reacciones opuestas. Algunos aplaudieron a estos minoristas por la progresiva táctica de marketing, mientras que a otros, tradicionalistas más sensibles, les pareció repugnante la práctica, al parecer hasta el punto de que algunos, como el periodista Henry McLemore, no podían ni funcionar. "[Recibí] la impresión de mi vida cuando la vi (…) Si existe cosa tal como un horror menor, entonces un horror menor de esta guerra son las Santa Claus femeninas. ¡Kristina Kringle! ¡Sarah San Nicolás! ¡Susie Santa Claus! ¡Válgame el cielo!".

Un artículo publicado en 1942 por el *Wichita Daily Times* agregó a esto, quejándose de que "[esto] podría sacudir la sensibilidad de los pequeños al escuchar una voz de soprano, y no una voz grave de bajo, salir de detrás de los bigotes". Dicho eso, el artículo terminó con una nota sensible: "[Los niños] han sido lo suficientemente sabios hasta ahora para fingir que no saben que el Santa de la tienda departamental es un fraude: aceptar a una mujer Santa Claus no impondrá una tensión intolerable sobre su fingida inocencia".

Otro artículo que publicó el *Washington Post* en diciembre de ese mismo año parece haber resumido las cosas con la postura más práctica posible: "En lugar de decepcionar a los niños completamente, parece mejor tener una mujer Santa, que ningún Santa".

Hoy en día, Santa Claus es más grande y globalmente conocido que nunca. Con las innumerables referencias a él en libros, poemas, películas, animaciones y otras formas de medios y arte, Santa Claus es comercialmente invencible. En 2016, el sector minorista tan tolo en los Estados Unidos vio un incremento de más de 700.000 trabajos estacionales durante las fiestas navideñas, y ese mismo año, los consumidores gastaron cerca de $700 mil millones en compras de Navidad.

Los Santas de tiendas departamentales, ahora conocidos más comúnmente como Santas "de centro comercial", continúan estando en gran demanda, y ganan en promedio entre $35 y $50 la hora, o aproximadamente $10.000 – $20.000 cada temporada. Una fracción de Santa Claus emprendedores contratados por pequeños empleadores y agencias independientes recaudan hasta $1.000 por día, al servir como entretenimiento para fiestas de lujo y reuniones corporativas de oligarcas rusos, celebridades y otras figuras influyentes.

Dada la popularidad internacional de Santa Claus y su evidente atemporalidad, despierta la curiosidad el pensar qué le depara el futuro.

Recursos en línea

Otros libros sobre la Navidad por Charles River Editors

Otros libros sobre cristianismo por Charles River Editors

Otros libros sobre Santa Claus en Amazon

Lecturas recomendadas

Editores, R. *Santa Claus*. 11 de diciembre de 2017, www.revolvy.com/page/Santa-Claus. Consultado el 5 de diciembre de 2018.

Editores, C C. *5 Things You Never Knew About Santa Claus and Coca-Cola* [5 Cosas que no sabías sobre Santa Claus y la Coca-Cola]. 1ero de enero de 2012, www.coca-colacompany.com/stories/coke-lore-santa-claus. Consultado el 5 de diciembre de 2018.

Editores, P D. *A Pictorial History of Santa Claus* [Historia pictórica de Santa Claus], 2013, publicdomainreview.org/collections/a-pictorial-history-of-santa-claus/. Consultado el 5 de diciembre de 2018.

Harris, J. *Santa Timeline: Before He Was Cheery and Chubby* [Línea de tiempo de Santa: antes de que fuera alegre y gordito]. 25 de diciembre de 2011, articles.latimes.com/2011/dec/25/image/la-ig-santa-timeline-20111225. Consultado el 5 de diciembre de 2018.

Editores, W C. *St. Nicholas, Santa Claus & Father Christmas* [San Nicolás, Santa Claus y Papá Noél], 2017, www.whychristmas.com/customs/fatherchristmas.shtml. Consultado el 5 de diciembre de 2018.

Editores, H C. *Santa Claus*. 16 de febrero de 2010, www.history.com/topics/christmas/santa-claus. Consultado el 5 de diciembre de 2018.

Editores, T W. *The History of Santa Claus: 7 Interesting Facts* [La historia de Santa Claus: 7 datos interesantes]. 23 de diciembre de 2011, theweek.com/articles/479681/history-santa-claus-7-interesting-facts. Consultado el 5 de diciembre de 2018.

Solow, M. *Santa Claus History: How St. Nicholas and Kris Kringle Became Santa* [La historia de Santa Claus: Cómo San Nicolás y Kris Kringle se convirtieron en Santa]. 8 de diciembre de 2017, www.learningliftoff.com/santa-claus-origins-and-traditions/. Consultado el 5 de diciembre de 2018.

Editores, R. *Father Christmas* [Papá Noél]. 9 de diciembre de 2017, www.revolvy.com/page/Father-Christmas. Consultado el 5 de diciembre de 2018.

Anderson, W. *5 Things You Might Not Know About Santa Claus* [5 Cosas que quizás no sabes sobre Santa Claus]. 19 de diciembre de 2014, www.huffingtonpost.ca/ward-anderson/santa-claus-facts_b_6330148.html. Consultado el 5 de diciembre de 2018.

Editores, N. A. *Don't Take Odin out of Yule* [No saquen a Odín del *Yule*]. 19 de diciembre de 2014, www.norwegianamerican.com/featured/dont-take-odin-out-of-yule/. Consultado el 5 de diciembre de 2018.

Editores, U H. *Norse God Odin as Santa Claus?* [¿El dios nórdico Odín como Santa Claus?] 8 de diciembre de 2009, universalheretic.wordpress.com/2009/12/08/norse-god-odin-as-santa-claus/. Consultado el 5 de diciembre de 2018.

Brown, E W. *Irrefutable Proof That Santa Is Odin* [Prueba irrefutable de que Santa es Odín]. 2012, infolocata.com/mirovia/irrefutable-proof-that-santa-is-odin/. Consultado el 5 de diciembre de 2018.

Mankey, J. *The History and Origins of Santa Claus* [La historia y orígenes de Santa Claus]. 17 de diciembre de 2013, www.patheos.com/blogs/panmankey/2013/12/the-history-and-origins-of-santa-claus/. Consultado el 5 de diciembre de 2018

Rich, S. *Pagan Origins of Christmas: Where Santa Claus, His Chariot and Christmas Decorations Came From* [Los orígenes paganos de la Navidad: De dónde vinieron Santa Claus, su trineo y las decoraciones navideñas]. 13 de marzo de 2017, www.simonarich.com/pagan-origins-of-christmas/. Consultado el 5 de diciembre de 2018.

Editores, C G. *Santa Claus and His Origins in Germanic Folklore* [Santa Claus y sus orígenes en el folclor germánico]. 23 de diciembre de 2015, celto-germanic.blogspot.com/2015/12/santa-claus-and-his-origins-in-germanic.html. Consultado el 5 de diciembre de 2018.

Völundarhúsins, F. *The Old Norse Yule Celebration – Myth and Ritual* [La Antigua celebración nórdica del Yule – Mito y ritual]. 21 de diciembre de 2012, freya.theladyofthelabyrinth.com/?page_id=397. Consultado el 5 de diciembre de 2018.

Green, C R. *A Guide to the Evolution of St Nicholas and His Cult* [Guía para la evolución de San Nicolás y su culto]. 2015, www.arthuriana.co.uk/xmas/pages/folklore.htm. Consultado el 5 de diciembre de 2018.

Editores, L. *Medieval Saint* [Santo medieval]. 23 de noviembre de 2018, www.livius.org/articles/person/nicholas-of-myra/nicholas-of-myra-2/? Consultado el 5 de diciembre de 2018.

Swartz, B K. *THE ORIGIN OF AMERICAN CHRISTMAS MYTH AND CUSTOMS* [El origen del mito y costumbres navideñas de Estados Unidos]. 2015, www.arthuriana.co.uk/xmas/swartz/American Christmas Origins.htm. Consultado el 5 de diciembre de 2018.

Editores, Z M. *Science Santa History: The Origins of Santa Claus* [*Science Santa History*: Los orígenes de Santa Claus]. 6 de diciembre de 2013, www.zmescience.com/other/feature-post/science-santa-history-the-origins-of-santa-claus/. Consultado el 5 de diciembre de 2018.

Editores, S V. *Santa and Odin - Christmas and Yule* [Santa y Odín – La Navidad y el Yule]. 15 de diciembre de 2017, sonsofvikings.com/blogs/history/viking-origins-of-christmas-yule-traditions. Consultado el 5 de diciembre de 2018.

Woodbury, S. *Santa Claus and the Wild Hunt* [Santa Claus y la Cacería Salvaje]. 21 de diciembre de 2013, www.sarahwoodbury.com/santa-claus-and-the-wild-hunt/. Consultado el 5 de diciembre de 2018.

Editores, P S. *Legend of Santa Claus* [La leyenda de Santa Claus]. Oct. 2011, push-stop.blogspot.com/2011/10/legend-of-santa-claus.html. Consultado el 5 de diciembre de 2018.

Holloway, A. *The Ancient Origins of Santa Claus* [Los orígenes antiguos de Santa Claus]. 24 de diciembre de 2014, www.ancient-origins.net/myths-legends/ancient-origins-santa-claus-001137. Consultado el 5 de diciembre de 2018.

McNamara, D. *Solstice, Santa and A New (Old) Winter Narrative* [Solsticio, Santa y una nueva (vieja) narrativa de invierno] 22 de diciembre de 2014, unraveledword.wordpress.com/tag/santa-and-woden/. Consultado el 5 de diciembre de 2018.

Editores, K K. *History of Santa Claus* [Historia de Santa Claus], 2018, www.kriss-kringle.com/history.html. Consultado el 6 de diciembre de 2018.

Editores, H I. *The Shocking Pagan Origin of CHRISTMAS!* [¡El impactante origen pagano de la NAVIDAD!] 2017, www.hope-of-israel.org/cmas1.htm. Consultado el 6 de diciembre de 2018.

Handwerk, B. *From St. Nicholas to Santa Claus: the Surprising Origins of Kris Kringle* [De San Nicolás a Santa Claus: los orígenes sorprendentes de Kris Kringle]. 6 de diciembre de. 2013, news.nationalgeographic.com/news/2013/12/131219-santa-claus-origin-history-christmas-facts-st-nicholas/. Consultado el 6 de diciembre de 2018.

Mosteller, A M. *Who Is Santa, and What Does He Have to Do With Christmas?* [¿Quién es Santa, y qué tiene que ver con la Navidad?] 12 de diciembre de 2011, www.crosswalk.com/special-coverage/christmas-and-advent/who-is-santa-and-what-does-he-have-to-do-with-christmas.html. Consultado el 6 de diciembre de 2018.

Editores, S N. *St. Nicholas and the Origin of Santa Claus* [San Nicolás y el origen de Santa Claus]. 29 de noviembre de 2016, www.stnicholascenter.org/pages/origin-of-santa/. Consultado el 6 de diciembre de 2018.

Krystek, L. *AKA Santa Claus* [Alias, Santa Claus]. 2003, www.unmuseum.org/santa.htm. Accessed 6 de diciembre de 2018.

Mikkelson, D. *Did Coca-Cola Invent the Modern Image of Santa Claus?* [¿Inventó la Coca-Cola la imagen moderna de Santa Claus?]18 de diciembre de 2001, www.snopes.com/fact-check/the-claus-that-refreshes/. Consultado el 6 de diciembre de 2018.

Johnson, B. *A Medieval Christmas* [Una Navidad medieval] 2016, www.historic-uk.com/HistoryUK/HistoryofEngland/A-Medieval-Christmas/. Consultado el 6 de diciembre de 2018.

Editores, S N. *Gift-Giver* [El Dador de obsequios]. 2005, www.stnicholascenter.org/pages/gift-giver/. Consultado el 6 de diciembre de 2018.

Editores, N C. *19 Little-Remembered Facts About St. Nicholas* [19 datos poco recordados de San Nicolás]. 5 de diciembre de 2016, www.ncregister.com/blog/joseph-pronechen/19-little-remembered-or-forgotten-things-about-st.-nicholas. Consultado el 6 de diciembre de 2018.

Fletcher, D, y M Roper. *The History behind Many of Our Christmas Traditions* [La historia detrás de muchas de nuestras tradiciones navideñas]. 22 de diciembre de 2009, www.mirror.co.uk/news/uk-news/the-history-behind-many-of-our-christmas-traditions-438065. Consultado el 6 de diciembre de 2018.

Editores, S. N. (2017). What About Santa? A Discussion Guide [¿Qué hay de Santa? Una guía de discusión]. Recuperado el 6 de diciembre de 2018, de http://www.stnicholascenter.org/pages/what-about-santa/

Editores, G. L. (2014, 7 de diciembre). Forget Santa – Meet the Christkind! [Olvídense de Santa - ¡Conozcan a *Christkind*!] Recuperado el 6 de diciembre de 2018, de https://blogs.transparent.com/german/forget-santa-meet-the-christkind/

Steves, R. (2017, diciembre). Celebrating with the Christkind: A Germanic Christmas [Celebrando con *Christkind*: Una navidad germánica]. Recuperado el 7 de diciembre de 2018, de https://www.ricksteves.com/watch-read-listen/read/articles/celebrating-with-the-christkind

Editores, A. O. (2017, 25 de diciembre). Christkind: How Does this Christmas Gift-Bringer Differ from Santa Claus? [*Christkind*: ¿Cómo difiere de Santa Claus este obsequiador de regalos de Navidad?] Recuperado el 7 de diciembre de 2018, de https://www.ancient-origins.net/history-ancient-traditions/christkind-how-does-christmas-gift-bringer-differ-santa-claus-008842

Editores, J. Q. (2015, 14 de diciembre). Instead of Santa, Christkindl [En lugar de Santa, *Christkindl*]. Recuperado el 7 de diciembre de 2018, de https://thejesusquestion.org/2015/12/14/instead-of-santa-christkindl/

Derksen, T. (2016). La Befana: The Witch of Christmas [La Befana: La bruja de la Navidad]. Recuperado el 7 de diciembre de 2018, de https://www.ottawaitalians.com/Heritage/befana.htm

Editores, G. V. (2016, 26 de diciembre). La Befana: The Christmas Witch Italian Children Love [La Befana: La bruja italiana de la Navidad amada por los niños]. Recuperado el 7 de diciembre de 2018, de http://www.grandvoyageitaly.com/piazza/la-befana-the-christmas-witch-italian-children-love

Crowell, N. (2017, 8 de mayo). The Story of Befana, The Italian Santa Claus [La historia de la Befana, la Santa Claus italiana]. Recuperado el 7 de diciembre de 2018, de https://theculturetrip.com/europe/italy/articles/the-story-of-befana-the-italian-santa-claus/

Copeman, D. (2005). Who Is Father Christmas? [¿Quién es Papá Noel?]Recuperado el 7 de diciembre de 2018, de http://www.timetravel-britain.com/articles/christmas/santa.shtml

Editores, W. C. (2017). Christmas in the United Kingdom [Navidad en el Reino Unido]. Recuperado el 7 de diciembre de 2018, de https://www.whychristmas.com/cultures/uk.shtml

Green, C. R. (2015). The English Father Christmas: A Separate Origin [El Papá Noél inglés: Un origen separado]. Recuperado el 7 de diciembre de 2018, de http://www.arthuriana.co.uk/xmas/pages/english.htm

Editores, S. N. (2017). Father Christmas [Papá Noél]. Recuperado el 7 de diciembre de 2018, de http://www.stnicholascenter.org/pages/father-christmas/

Editores, F. M. (2017, 20 de diciembre). Santa Claus in France: Le Père Noël [Santa Claus en Francia: *Le Père Noël*]. Recuperado el 7 de diciembre de 2018, de https://frenchmoments.eu/santa-claus-in-france-le-pere-noel-en-france/

Editores, F. E. (2017). Père Noël. Recuperado el 10 de diciembre de 2018, de https://www.frenchentree.com/living-in-france/culture/pere-noel/

Allen, S. (2016, 18 de diciembre). Père Noël: What sets the French Santa Claus apart from the rest? [Père Noël: ¿Qué diferencia al Santa Claus francés de los demás?] Recuperado el 10 de diciembre de 2018, de https://www.myfrenchlife.org/2016/12/18/pere-noel-french-santa-claus/

Editores, I. B. (2017). Père Noël. Recuperado el 10 de diciembre de 2018, de http://www.indobase.com/holidays/christmas/characters/pere-noel.html

Lestz, M. (2018). History of Father Christmas in France [La historia de Papá Noel en Francia]. Recuperado el 10 de diciembre de 2018, de https://www.thegoodlifefrance.com/history-father-christmas-france/

Fredriksson, J. (2017, 19 de diciembre). How the Swedish Christmas Goat (Julbocken) turned into Santa Claus (Jultomten) [Cómo la cabra sueca de Navidad (Julbocken) se convirtió en Santa Claus (Jultomten)]. Recuperado el 10 de diciembre de 2018, de http://www.swedishpress.com/article/how-swedish-christmas-goat-julbocken-turned-santa-claus-jultomten

Editores, N. T. (2009, 4 de diciembre). JULTOMTEN – SWEDEN'S SANTA CLAUS [JULTOMTEN – EL SANTA CLAUS DE SUECIA]. Recuperado el 10 de diciembre de 2018, de https://naturetravels.wordpress.com/2009/12/04/jultomten-swedens-santa-claus/

Editores, F. D. (2013). Jultomten. Recuperado el 10 de diciembre de 2018, de https://encyclopedia2.thefreedictionary.com/Jultomten

Editores, H. T. (2016, 22 de diciembre). Who's Who?: Santa Claus, Saint Nick, and Father Christmas [¿Quién es quién ?: Santa Claus, San Nicolás y Papá Noel]. Recuperado el 10 de diciembre de 2018, de http://historythings.com/whos-santa-claus-saint-nick-father-christmas/

Cash, J. (2017). Mummers' Plays [Las obras de actores]. Recuperado el 10 de diciembre de 2018, de https://theatrelinks.com/mummers-play/

Smith, A. F. (2015, 21 de diciembre). The Christmas Conspiracy (or How New Yorkers Created Santa Claus) [La conspiración navideña (o Cómo los neoyorquinos crearon a Papá

Noél)]. Recuperado el 10 de diciembre de 2018, de
https://www.ediblemanhattan.com/drink/how-new-yorkers-created-santa-claus/

Weeney, E. (2016). A HISTORY OF SANTA CLAUS [Una historia de Santa Claus].
Recuperado el 10 de diciembre de 2018, de http://erinsweeneydesign.com/news/the-history-of-
santa-claus/

Westover, J. (2014, 6 de diciembre). History of the American Santa [Historia del Santa
estadounidense]. Recuperado el 10 de diciembre de 2018, de
https://mymerrychristmas.com/history-of-the-american-santa/

Flanders, J. (2017, 19 de octubre). The 18th-Century Politics of Santa Claus in America [La
política del siglo XVIII de Santa Claus en los Estados Unidos]. Recuperado el 10 de diciembre
de 2018, de http://www.thehistoryreader.com/modern-history/18th-century-politics-santa-claus-
america/

Abler, A. (2007, Otoño). Just Who Is Santa Claus? [¿Quién es Santa Claus?] Recuperado el 10
de diciembre de 2018, de http://www.vision.org/visionmedia/history_of_santa_claus_4118.aspx

Horowitz, K. (2016, 21 de diciembre). The Secret History of Mrs. Claus [La historia secreta de
la Sra. Claus]. Recuperado el 10 de diciembre de 2018, de
http://mentalfloss.com/article/90113/secret-history-mrs-claus

Morton, E. (2015, 16 de diciembre). Does Mrs. Claus Have a Life of Her Own? [¿La Sra.
Claus tiene vida propia?] Recuperado el 10 de diciembre de 2018, de
https://www.atlasobscura.com/articles/does-mrs-claus-have-a-life-of-her-own

Editores, N. M. (2015). "YES, VIRGINIA, THERE IS A SANTA CLAUS" [Sí, Virginia, sí
hay un Santa Claus"]. Recuperado el 10 de diciembre de 2018, de
http://www.newseum.org/exhibits/online/yes-virginia/

Editores, N. H. (2017). About the New-York Historical Society [Acerca de la Sociedad
Histórica de Nueva York]. Recuperado el 10 de diciembre de 2018, de
https://www.nyhistory.org/about

Browne, P. (2014, 6 de diciembre). "Santa Claus was Made by Washington Irving" ["Santa
Claus fue creado por Washington Irving"]. Recuperado el 10 de diciembre de 2018, de
https://historicaldigression.com/2014/12/06/santa-claus-was-made-by-washington-irving/

Moran, B. F. (2014, 4 de octubre). The Christmas Legend of Abraham Lincoln [La leyenda
navideña de Abraham Lincoln]. Recuperado el 10 de diciembre de 2018, de
https://mymerrychristmas.com/the-christmas-legend-of-abraham-lincoln/

Editores, S. W. (2017). The Children's Friend [El Amigo de los niños]. Recuperado el 10 de diciembre de 2018, de http://www.santaswhiskers.com/the-children-s-friend.html

Rossen, J. (2016, 12 de diciembre). James Edgar, the Pioneering Department Store Santa [James Edgar, el pionero Santa de tiendas departamentales]. Recuperado el 10 de diciembre de 2018, de http://mentalfloss.com/article/89374/james-edgar-pioneering-department-store-santa

Allegrini, E. (2008, 16 de noviembre). James Edgar's Santa Claus — the spirit of Christmas [El Santa Claus de James Edgar – el espíritu de la Navidad]. Recuperado el 10 de diciembre de 2018, de https://www.enterprisenews.com/x1013044544/James-Edgar-s-Santa-Claus-the-spirit-of-Christmas

Editores, S. A. (2017). Red Kettle History [Historia de la Olla Roja]. Recuperado el 10 de diciembre de 2018, de https://www.salvationarmyusa.org/usn/red-kettle-history/

Editores, W. R. (2015). Does Santa Claus still drink White Rock®? [¿Santa Claus todavía bebe White Rock®?] Recuperado el 10 de diciembre de 2018, de http://www.whiterocking.org/santa.html

Editores, C. C. (2011, 12 de julio). Coke Lore [Conocimiento popular de la Coca-Cola]. Recuperado el 10 de diciembre de 2018, de http://web.archive.org/web/20110712060502/http://www.thecoca-colacompany.com/heritage/cokelore_santa.html

Editores, H. P. (2017, 19 de diciembre). Meet Haddon Sundblom, Creator of Coca-Cola's Santa Claus [Conoce a Haddon Sundblom, creador del Santa Claus de la Coca-Cola]. Recuperado el 10 de diciembre de 2018, de https://www.huffingtonpost.com/entry/meet-haddon-sundblom-creator-of-coca-colas-santa_us_5a3935a2e4b0578d1beb7326

Editores, A. O. (2017). Charles W. Howard Santa Claus School [Escuela Charles Howard para aspirantes a Santa Claus] Recuperado el 10 de diciembre de 2018, de https://www.atlasobscura.com/places/charles-w-howard-santa-claus-school

Pilley, K. (2017, 21 de diciembre). Santa School: It's hard work to be Father (or Mother) Christmas [Escuela para Santas: Es trabajo duro ser Papá (o Mamá) Noel] . Recuperado el 10 de diciembre de 2018, de https://www.usatoday.com/story/travel/destinations/2017/12/21/santa-school-its-hard-work-father-mother-christmas/972057001/

Winowiecki, E. (2017, 20 de diciembre). The "Harvard of Santa Schools" can be found in Midland, Michigan [La "Harvard de las escuelas para Santas se encuentra en Midland, Michigan]. Recuperado el 10 de diciembre de 2018, de http://www.michiganradio.org/post/harvard-santa-schools-can-be-found-midland-michigan

Klein, C. (2014, 19 de diciembre). Rudolph the Red-Nosed Reindeer [Rodolfo, el reno de la nariz roja]. Recuperado el 10 de diciembre de 2018, de https://www.history.com/news/rudolph-the-red-nosed-reindeer-turns-75

Daugherty, G. (2017, 18 de diciembre). In World War II America, Female Santas Took the Reins [En los Estados Unidos durante la II Guerra Mundial, las Santas mujeres tomaron las riendas]. Recuperado el 10 de diciembre de 2018, de https://www.smithsonianmag.com/history/world-war-ii-america-female-santas-took-reins-1809675

MacLellan, L. (2016, 24 de diciembre). The economics of being Santa [Los aspectos económicos de ser Santa]. Recuperado el 10 de diciembre de 2018, de https://qz.com/870466/the-economics-of-being-santa/

Tague, B. (2017). THE ORIGINS AND HISTORY OF THE FLYING SANTA [Los orígenes e historia del Santa Volador]. Recuperado el 10 de diciembre de 2018, de https://www.flyingsanta.com/HistoryOrigins.html

Libros gratuitos por Charles River Editors

Tenemos libros gratuitos disponibles casi todos los días de la semana. Para ver cuáles de nuestros títulos están actualmente gratuitos, haga clic en este link

Libros en descuento por Charles River Editors

Tenemos libros a un precio descontado de tan solo 99 centavos. Para ver cuáles de nuestros títulos cuestan actualmente 99 centavos, haga clic en este link.